漫娱图书

限 定 好 友 系 列

目录
Mu lu

007 >>>
隔壁主播露脸了
陈归

037 >>>
你到底晕不晕车
Sleep n.

055 >>>
知识分子
河什么塘塘

075 >>>
一步之遥
迷野

109 >>>
撒娇辅助最好命
柚子多肉

JIAXIANGDI

125 放开那个县令让我来
陈芥子

163 记忆犹新
欲书花叶

191 纨绔改造计划
一条酥咸鱼

209 终有平波能泊舟
梦迢迢

229 得寸进尺
Ansthe

you are

你是前行方向,
也是我的目光所向。

陈归/Text

隔壁主播露脸了

高冷技术流明星选手 × 神颜菜鸟网红主播

《 要是知道是你的话我天天追着你玩，完全没在怕嘲讽的。

隔壁主播露脸了

陈归

> 脑洞比脑袋大,头发比烦恼多,说的不如写的厉害。

今天,林时与答应粉丝的福利是和其他主播进行随机连线直播。

随机连线是游戏区特有的功能,游戏主播之间随机匹配,然后进入同一局游戏内组队作战,趣味性很强。但是林时与的人气和游戏水平并不相当,所以本着不祸害其他主播的原则,他也很少玩这个。这回是答应给粉丝们的福利,自然要履行承诺。

倒计时走过几个数字后,匹配头像就由黑变亮。

……

是"Q"!

游戏区人尽皆知:Q和十一两大人气主播一直水火不容,现在居然……

林时与甚至怀疑是平台工作人员为了热度,进行了幕后操作,但既然匹配到了,也只能硬着头皮上了。虽然他和Q的关系实在算不上有多好,但两个人毕竟也没有起过正面冲突。

缩小到一半的直播框边上出现了 Q 的游戏界面，Q 依旧神秘地没有露脸，林时与露出他标准的笑脸，左边脸颊的酒窝若隐若现，火爆的弹幕里有很多人在刷"十一太好看了，呜呜呜"。

林时与是游戏区出了名的"神颜菜鸟主播"，也是出了名的好脾气。

林时与本着友好原则，斟酌着说了句："你好。"

没有回应，对方直接点击了准备键。

此时弹幕炸了："这什么态度啊，无语了，心疼十一大大。"

"拜托！楼上的别刷了行吗？看的是游戏直播，又不是看爱豆。"

林时与是开着摄像头的，他尽力控制着自己的表情，看着游戏加载界面，考虑自己是否选个辅助类英雄避免拖后腿。

他们玩的是 5v5 竞技类游戏——"史诗之战"，英雄分为五种，此时 Q 选择的是射手类英雄，这类英雄敏捷且伤害高，攻击距离远，但血量很薄，通常被称为"脆皮射手"。Q 选的还是技能最炫的特洛伊神箭手潘达罗斯，这个英雄对操作要求奇高，也非常需要辅助的全方位支持。

可全方位辅助，需要很高的意识和默契，林时与露出纠结的神情，他感觉 Q 对自己有很大偏见……

可还没等他纠结完，其他人已经选好了英雄，只剩下辅助位给他了。

没办法，他选择了和潘达罗斯较匹配的泉水女神宁芙，可以及时回补血量，林时与非常敬业地决定辅助他。

"宁芙别跟我。我单干。"

林时与："？"

镜头里林时与的耳根已经有些泛红了，这未免太叫人下不来台了，潘达罗斯的血量极薄，如果没有辅助的保护，法师甚至战士类英雄几个技能就可以干掉他。

林时与想到刚刚没得到回应的招呼，选择在游戏对话框中打了个问号过去。

Q："我一个人比较好操作，你跟刺客。"

弹幕又开始疯狂对骂："天哪！我就没见过这么没素质的人，搞得好像谁想辅助他似的。"

"笑死，十一的水平太差被Q神嫌弃。不过也是，十一刷刷脸就好了非得来玩这种技术局。"

游戏开始了，林时与只好先跟着中路Mage打小兵，本来清除第一波兵线之后就应该去找射手，但人家明显避之不及，林时与着实不想上赶着去辅助。

他只好到野区去找刺客。可这局的刺客是大力神赫拉克勒斯，本身血量充足，而且走位刁钻，他的宁芙拖着缓慢的移速完全跟不上节奏。

游戏开局六分钟，林时与的表情已经十分尴尬。

游戏地图里散发着母性光辉的宁芙女神，完全没有用泉水滋润过任何一个英雄。

他很不厚道地希望没有辅助的潘达罗斯会屡屡被针对，可人家的操作太秀，不仅稳居经济最高，甚至被击杀数还为0。有一回被对方三人围攻，林时与本着人道主义原则过去支援，没想到人家凭借高超的操作成功躲过，愣是没吃他一口回血，反而是他在三个输出英雄面前毫无招架之力，最后送了个人头。

看着同队队友发的"……"，林时与恨不得找个地洞钻进去。

后来他只能一直在地图间游荡，刚走近队友想帮忙回血，可人家就操纵着位移走远了。

最后游戏顺风顺水地取得胜利，愈发衬得他这个辅助完全没有用处。

他是为了潘达罗斯选的宁芙，是潘达罗斯不要他辅助所以才会这样的——林时与安慰自己，直播间忽然传来了低沉的声音："宁芙……助攻数2？"

林时与的脸色一下子涨红了，Q讲的第一句话就如此欠揍，明明是Q不让自己跟着的好吗！

弹幕里林时与的粉丝也暴起维护起林时与来。

Q接着说："算算时间就知道我有闪现，你还冲过来送人头，我说过不用跟我的。

"下路第一次团战的时候你明明可以参加，但是你居然一个人在上路的野区游荡。

"不是说宁芙就一定只能跟着射手，哪怕跟着战士在上路赚点优势也好。"

他的语气很平淡，但是每说一句林时与的脸就红一分，因为他说的确实没错，这些他完全没想到。又或许是因为气氛诡异，他实在太紧张了。

林时与的粉丝沉默了一会，然后开始安慰他："十一没事，打不好没关系，他们都是大神级的，咱们别连线了，自己玩儿去。"

林时与本来还在犹豫，怕只打一局粉丝觉得他敷衍，就听见对方似乎有些刻意压低着声音说："再见。"

当时林时与就伸出还有些颤抖的手毅然地按下了结束连线。

奇耻大辱！

说起来他们俩结下梁子还是因为当初 DENKI 俱乐部有一位成员在直播时无意出现在背景音里的对话，有人在问 Q 知不知道十一，而明显听得出是 Q 的那个声音表示不认识。

"你居然没听说过，游戏区人气第一欸，你都比不上他的人气，他超级帅的。"

Q："……他很厉害吗？"

"那倒没有，水平一般，意识很差。"

"不感兴趣。"Q 后面还跟了句，"游戏主播不靠技术……"

那会儿"Q 神公然轻视人气主播"的话题传得沸沸扬扬，但是林时与很大度地表示他说的是事实，并且说自己会努力练习，之后大家虽然也时常提及这件事，但对林时与没有什么影响。

谁知道这次 Q 居然让他如此下不来台。

之后的直播林时与都有些不知所云，水了几局之后粉丝也看出来他的状态不好，不过一看到他带着几分不好意思的笑，那眉眼微弯的样子，粉丝们立马开始："啊啊啊，好帅"。

林时与不知道怎么想的，突然打开了上局游戏的回放试图复盘。

粉丝纷纷道："十一！没必要，真的没必要，过去的就让它过去吧。"

然而回放已经开始，林时与之前光顾着尴尬，这会儿研究了一下 Q 操作的潘达罗斯，忍不住感慨大神就是大神。

"不愧是 DENKI 出来的人啊，连个不知名的小成员都这么厉害。"

粉丝听见他的话，又看了眼 Q 的操作，也附和："确实，感觉他的射手玩得比 DENKI 一队的那个丝瓜还好。"

"可能是替补吧。"

"DENKI 也真是，丝瓜的操作真不行，还把射手这么重要的位置给他，我看这个 Q 确实比他秀。"

粉丝们都知道林时与最崇拜的选手是 DENKI 一队的队长顾且，常玩的职业是战士和坦克，发挥非常稳定从不失误，几乎是非人级别。而且本人长得超帅，高冷有范，每次 DENKI 比赛，林时与都会在直播间里激动好一会。

于是这会儿都在打趣："这下好了，十一得罪了一队替补，人家在顾且面前说说坏话，十一在偶像面前的形象可全完了，哈哈哈。"

林时与无奈扶额，觉得自己应该不至于那么背。但是 Q 这人真的非常讨厌，他现在看着自己游来荡去的宁芙还是觉得很尴尬，强撑着和粉丝们聊了会儿天就下线了。

DENKI 总部。

"顾队，你很讨厌那个什么十一吗？"

"肯定啊，要不是因为出现了他这种靠脸就能赚那么多人气的主播，经理也不会逼着顾队露脸直播啊。"

"哈哈哈，咱们顾队不用露脸人气都直逼十一了好吧，这要是露脸还得了！"

一旁低头收拾外设的顾且头也没抬："没有，我为什么要讨厌他？"

"欸？"队友好奇地抬起头,"那你怎么针对人家宁芙呢,看着也怪可怜的,一个奶妈还不让跟你,里外不是人。"

顾且:"我说过的啊,我潘达罗斯一个人好操作。"

"那你怎么打完了还嘲他？"

顾且迷惑地抬起头:"我没有啊,我在教他。他的意识实在太差了。"

顾队"钢筋直男"之名,果然并非浪得虚名。

看着队友们无奈的表情,顾且也觉得似乎哪里有些不对。他今天跟十一打游戏时添加了他的游戏好友,顾且在对话框里对着十一那个灰色的头像框敲了一段字。

"不好意思,我今天选潘达罗斯是不知道你会选宁芙,我单走是因为我比较习惯一个人。还有就是,我最后的话不是故意嘲讽你的,我觉得你可以认真考虑一下我的建议。"

没想到消息还没发出去十一就上线了,顾且又读了一遍,还是全部删掉了,随后点开组队界面邀请了十一。

没等到回应,顾且莫名有点焦躁,觉得这样邀请人家很唐突,就一个人按下了开始游戏。

顾且自己都想不通为什么会有如此行径,居然还下意识看了一眼手机,几个小时前十一好看的脸就出现在屏幕里。

· 05 ·

林时与这会儿上号看见 Q 邀请他,他本正在气头上,鼠标都已经点上了"拒绝",又移到边上放开了。

毕竟 Q 也是国服大神,跟他一起打有利无害,林时与,为了不让他看不起你，忍辱负重加油练习！

做了番思想建设的他刚按下"同意"。

屏幕显示："对方已开始游戏。"

林时与咬牙切齿："Q，最好别让我再看见你。"

鬼使神差般，他没去打单人，直到过了三十分钟，Q的状态从"游戏中"显示"在线"。林时与又等了片刻，Q再次邀请了他。

他飞快按下"同意"。

进去之后Q只有一个人，见他进来还在麦克风里说了句："我还以为你不会来。"

这话什么意思！是在嘲讽自己居然还敢跟他组队，还是嘲讽自己这么菜还要挂着他上分？

林时与怕控制不住自己的情绪，干脆把麦关了，在对话框里打字说："开吧。"

不错，自己看起来很高冷。

开局之后林时与看Q又秒选了射手，当机立断地决定坚决不选辅助了。

Q说："选德墨忒尔，跟我。"

凭什么！林时与很有骨气地选了法师英雄，黑夜女神尼克斯。他绝对不要再被Q羞辱。

此时三楼的玩家拿出他省服的法师雅典娜秀战绩，林时与深受其辱，不好意思选法师类英雄，又看两眼明显优越的坦克和刺客……

德墨忒尔就德墨忒尔吧。

这局Q的态度居然还不错，林时与操作的德墨忒尔紧跟在他旁边，Q不时指导几句，

"二技能。"

"复活之后直接传二塔。"

"德墨,大。"

直推敌方神祇水晶取得胜利的时候,丰收女神德墨忒尔的大招还持续在敌方高地金光流转,麦穗叠绕。

战绩:3-1-22。

不得不说被大神带飞的感觉真的很不错,林时与的愤恨立马消解了一大半,并将此理解为是 Q 意识到了自己的不礼貌行为却不好意思当着众多粉丝的面赔罪,所以私下带他上分。

对方又开局了,林时与这回心情愉悦地等待躺赢。

· 06 ·

DENKI 总部。

"顾队,又开小号在炸鱼啊?赶紧的,经理找你。"

顾且一皱眉,低头看了看匹配界面,仍旧选了射手,故意压低着声音道:"选宁芙。"

十一果然乖乖选了宁芙,那边叫他的声音更大了些:"顾队,听见了吗?"

"欸,你在顾神附近吗!"

十一突然开了麦,惊喜的声音听起来像捡到宝的兔子。

顾且:"嗯。"

"啊啊啊!可以拜托你暂时别讲话吗?我想听听顾神的声音。"

"……"顾且乖乖闭嘴了。

林时与竖起耳朵听了半天,也没再听见什么。

"算了,你说吧……"

游戏中林时与的角色已经完全暴露在敌人视野之内,他略显失落地答复之后才发现，赶紧调整。

耳机里传来很沉的 Q 的声音："认真点。"

对面没声音了，顾且暂时关了麦回答队友说，"着急吗？我打完这局。"

"不是什么严重的事，但是你最好快点去，经理等下有事。"

顾且眉头皱得紧了几分，频频看向加载进度条，叹了口气："丝瓜，帮我打下，别开麦。"

丝瓜坐在他的位子上戴上耳机，没听到后面那句，"辅助是我的朋友，照顾下。"

07

林时与发誓，绝对不会再和 Q 打游戏了。

林时与真是自作多情才会以为 Q 是良心发现带他上分，没想到 Q 居然故伎重演，又一次让他的宁芙在地图里游来荡去最后无处可去。

打到最后他已经灰心丧气，跟在战士身后毫无求生欲地跑，Q 居然在对话框里发了句：

"宁芙是上了男朋友号吗？这也太菜了吧。"

其他的队友们也纷纷附和，林时与气得眼眶都有点红了，他实在想不明白自己究竟哪里惹得他不顺眼了，要这样耍他。

最后一波团战，快取得胜利了，林时与干脆站在自家重生泉水处不想再动。

林时与看到 Q 又把麦克风打开，刚听到他的声音林时与就立马把语音喇叭摁掉，直接退出游戏。

林时与越想越委屈，更气自己居然还上号赶着去跟他开黑，气得他在直播平台发了条动态。

"或许是我真的太菜了,但是我一直认认真真打游戏、做直播,自认没有妨碍到别人,没有对不起粉丝朋友们。不明白为什么有些人这么过分,只是因为我打得差就要一直被取笑吗?"

吃完夜宵之后再去看果然消息又爆满,他看着动态觉得好矫情,顺手删掉了这条动态,可是截图早就传遍了。林时与一贯脾气好,对黑子也没有冷过脸,这会儿发了这样的动态,粉丝路人都极度关注。

林时与一贯是用"十一"这个号的,根本不禁扒,粉丝很快就发现了他和Q组队的那场战绩,又是可怜的宁芙和冷血的射手。

林时与的粉丝大多是女友粉,深谙粉丝圈之道,战斗力极高,相比之下Q的粉丝则都以游戏迷宅男为主,一时间Q一开直播,评论区几乎完全沦陷。

"顾队,你早说你和他开黑的啊。我看他那宁芙玩得太菜了根本懒得管他……"

顾且一直看着手机里那张截图,眉头蹙得愈发紧。难怪那会儿他办完事回来之后林时与理都不理他直接下线了。

"丝瓜,拿战队微信加一下十一。就加平台简介上写的合作微信。"

丝瓜:"嗯?顾队,你不会要我给他道歉吧?"

顾且抬眸瞥他一眼:"加,我自己来说。"

这时候经理韩城走上来:"今天已经十四号了,秋季赛训练期明天就开始,有什么事赶紧办完,老规矩,大赛训练期断网。"

顾且他们久经沙场，早就习惯了魔鬼式的封闭训练，他毫不留恋地把自己手机交上去，刚好这个月欠下的十几个小时的直播时长也不用补了。

但是看着韩城手中的手机，他又陷入了沉思。

· 09 ·

"你好，我是 DENKI 俱乐部的经理韩城。"

"你好。"林时与平静回复，内心却幻想着会不会是他人气高，有机会和偶像顾且合作呢。

"非常抱歉之前给你带来了困扰，但是我俱乐部的成员 Q 绝对不是故意要取笑你，当时我临时找他有事，他是找身边朋友代打的，他现在在大赛训练期，拜托我向你表示歉意。"

……原来是来道歉的。一提到这件事林时与还是很生气，但看韩城说得恳切，有几分动摇了。

"今天打扰你，是希望你可以请你的粉丝不要在我俱乐部成员直播间发表不当言论，这个现象已经对俱乐部造成了一些负面影响。"

林时与狠狠地把手机摔在沙发上，韩城难不成认为是自己指使粉丝去骂 Q 的吗？

他深呼了几口气，放弃了向一个职业电竞俱乐部的经理解释女友粉这种生物的行为是偶像也无法控制的。他选择认真打字回应："我没有任何煽动行为，都是粉丝自发作为。不过我会进行引导，尽量不给贵俱乐部添麻烦。还有，私以为贵俱乐部成员应以训练为重，没必要以取笑我这种小主播为乐，惹恼粉丝之后又到我这儿来放话。"

他看了好几遍觉得已经足够得体且有气势，于是点击发送、拉黑，一气呵成。

他真的不想再理任何和 Q 相关的事情了，秋季赛的热身赛马上就开始了，刚好在魔都举行，而且热身赛票价也不高，他都盘算好了，热身赛去看一次，再花个大价钱去看半决赛，至于决赛……实在太难抢而且太贵了，他还得再努力直播才行。

今天倒是很顺利，他满意地看着自己的订单，打算挑一张好看的顾且的照片去要签名。

· 10 ·

热身赛对于 DENKI 来说真的只是一场热身，毫无压力地拿下之后 DENKI 官方安排了签名会。

顾且不喜欢比赛结束的见面会环节，不过他一贯高冷，所以面无表情也不影响他人气爆棚。

今天人格外多，还有很多路人在旁边围观。

"十一，十一！"

顾且签字的手一顿，最后一横就有些没气势。他抱歉地还给粉丝，抬头果然看见了十一。

他居然还真跑来看自己比赛了。

林时与走到顾且面前的时候，顾且不知为何有些心虚，明知不可能被认出来，还是一直低着头，想快点签完。

"顾神！你真的太强了！"

顾且没想到他见到自己本人会这么热情，手一抖。

"顾神会不会考虑玩其他位啊，我们都好想看顾神！"

"顾神可不可以帮我写句话啊，顾神我好不容易抢到的票来见你的！"

顾且自认签字已经很快了，没想到他的嘴更快，他想到队友说他太高冷容易让人尴尬，于是想回应他一些，斟酌着抬起头问了他一句："你就是十一？"

林时与愣住了。顾且怕耽误时间，把签字给他，后面的粉丝半推把林时与挤出去了，顾且分了个眼神跟在他身后，发现他看着手中的签名神色复杂。

是不是刚刚又签歪了？

"粉丝朋友们……"回家之后，直播镜头里的林时与愁眉苦脸，指着那张签名照在镜头前展示，"你们说，这合理吗？顾神那么飘逸潇洒的字，怎么会签成这样啊！要不是我在他面前我简直怀疑是假的。"

"而且顾神完全不搭理我，最后还问我是不是十一，不会真是Q跟他提了让他'关照'吧。"

林时与越想越对头，龇着牙对镜头说："大家别去他的直播间打扰人家了，我要自己苦练技术，总有一天我要打败Q。"

顾且突然有些好奇林时与拿到他的签名会是什么反应，赛后拿到一会儿手机，切小号刚进直播间就听到这句话。

看着他一脸气愤口出狂言说要打败曾获全国总冠军战队的队长的时候，顾且噎住了。

顾且忙着训练，全然忘记了之前让丝瓜用官方号加了林时与，短暂的赛后休息之后是更紧张的大赛训练，他便抛却了一些琐事，打算冲这次秋季赛的冠军。

林时与也忙着训练，他在直播间和粉丝聊天的时间都少了许多，粉丝们看着他不知疲倦地练英雄、打排位，想跟他聊聊日常却发现他不像之前那般有求必应，十一的粉丝们愈发对 Q 积怨深重。

然而 Q 已经太久没有上播了，他们有怨也无处宣诉。

林时与下播后，一直在平台研究别的大神的玩法。他最近渐渐察觉自己比较适合法师位，正在练美神阿芙洛狄忒。

但是他越研究越发现自己和大神之间的差距绝非一星半点，于是他越练越沮丧。

与此同时，DENKI 一路凯歌，很快就拿下了八强赛，战绩非常辉煌，在国内《史诗之战》游戏里几乎是断层式的优越。

看着顾且操纵着勇猛沉稳的战士大杀四方，林时与总会想起当初被平台看中做游戏直播时，明明《史诗之战》是他玩得最差的一个，但是年少的他还是因为被顾且的话所打动而毅然选择了这个游戏。

"大家都认为射手、法师、刺客是高输出英雄，操作要求高，技能炫丽，是团队的中心。也有很多人劝过我选择其他位，但我想说，人心里不该长存偏见，战士甚至辅助都是团队不可或缺的一部分，这是团战游戏，没有人是无关紧要的。我也希望让大家看见战士可以成为团队中心，重要的不是位置，而是操作与意识，是团结、是永不放弃。"

林时与今天在直播间里难得没有埋头打游戏，而是和粉丝分享了这段他珍藏很久的顾且的获奖感言，他看完还是忍不住感慨道：

"顾神真是厉害啊。说真的，我也不能放弃，我得好好练。"

打完一局排位之后他又摁掉了显示屏，蹙着眉头对摄像头道："我是不是真的不适合这游戏啊……"

弹幕里粉丝都在劝他："十一，没事儿，累了就休息会儿吧，跟我们聊聊天别打游戏啦。"

林时与没精打采地点开了粉丝礼物榜:"好久没和你们一起玩了,今天也抽榜——一起开黑吧。"

别的游戏主播都是带粉丝上分,十一的粉丝们和他玩都是图个乐趣罢了。

林时与平时不会找粉丝们要打赏,有人打赏多了他还会劝着理智消费。不过既然有这样的机会,粉丝们都刷起了礼物。榜上的名次不断变化。

"我再开一局排位,打完之后就来陪你们呀。"

埋头认真打游戏的林时与没有看到他直播间的腥风血雨,原本上上下下的榜一忽然被一个不知名甚至没有他粉丝头衔的人在连刷了九个超级火箭之后占领了。

粉丝们看着金额实在太大,就零零星星刷了一些,不再争夺。但是所有人都很好奇这个一看就是小号的榜一究竟是谁。

"顾且?"韩城看着这个开小号看帅哥直播的人一脸不可思议,"你不是拿手机有事?"

顾且头也不转:"是啊。"

韩城一个箭步窜到他身边:"就这事?"

顾且拍开他放在自己肩膀上的手,继续看十一打排位,韩城的表情变了又变,端出了经理的气势:"现在是大赛训练期,我不可能允许你这样不务正业。"

顾且看到屏幕里的林时与已经打完了,一脸惊讶地看着排行榜。

"啊,这位叫作……顾且,诶,也是顾神的粉丝吗?这位粉丝朋友我之前没有看到过你欸。"

"那，那这位顾且朋友，加一下我的游戏好友吧。"

韩城的脸整个都皱在了一起："顾且？！你不好好训练，勾搭网红主播开黑？"

顾且一边轻车熟路添加了游戏好友，一边看也不看一本正经地回复："你还记得我之前说的法师上单吗？这个主播辅助很差，我借这个机会负重训练，练一下新战术。"

韩城其实压根不信他这套说辞，但他一脸认真。说实话，韩城也不太敢惹顾且，DENKI全队的重心都在他身上。

"算了，"韩城骂骂咧咧地走开了，"看在你前几天训练还算认真……"

· 13 ·

林时与虽然很不眼熟这位粉丝，但是定下的规矩肯定不会违反。

开局之后他想选法师，但是这位粉丝打字问道："十一，可以玩辅助吗？"

林时与愣了一下，发现他选的是刺客，疾速猎手阿塔兰塔，想了想他刚刷的九个超级火箭，林时与非常配合地选了弥拉尼翁辅助他。

选完英雄林时与还对着镜头侧着头随口问："怎么样，我这个辅助不错吧。"语气颇有几分得意。

而DENKI俱乐部内顾且的神情显然有些不自在。

韩城的神情也很不好看，刚才信誓旦旦说要练法师的人，现在直播间里却看见他公然选了个刺客……

这局开头阿塔兰塔直接带他侵入敌方野区抢了蓝印魔像，顺便带走对面中路，一套操作行云流水，林时与的弥拉尼翁跟在后面都有点反应不过来。

"这位粉丝朋友好厉害！"

顾且耳麦里听见这句话的时候手自顾操纵着鼠标聚精会神，嘴角却不自觉扬起一点弧度。

"对了，不开麦吗？"林时与有点奇怪，其实平时带粉丝打游戏最多的还是女粉，每每在耳边都非常激动，有时候他都招架不住。

"不好意思，电脑没接麦。"

弥拉尼翁刚刚团战的时候替阿塔兰塔挡了一下阵亡了，等林时与重生后看到评论，不在意地笑了笑，对着镜头比了个大拇指："真的厉害！"

林时与继续认真观察战局，发现阿塔兰塔居然开始默默打野，他忍不住说："刚刚阿格莱亚能追的呀。"

阿塔兰塔放惩击收掉野怪："等你一下。"

林时与受宠若惊地挑了下眉，片刻才笑着说："好哦，我来了。"

两个英雄在游戏背景中是CP，阿塔兰塔本体是敏捷的金狮子，英姿飒爽的女猎手施放技能时会幻化成狮子，但当阿塔兰塔和弥拉尼翁同时出现时，弥拉尼翁施放技能会向狮子口中扔掷一颗金苹果，别的英雄如果得到弥拉的技能加成，金苹果会炸开成金色光圈笼罩，而阿塔兰塔得到辅助技能加成则表现为狮子叼着苹果战斗，这个细节一向很受好评。

此刻他们俩的配合简直不像第一次组队。林时与发现其实以阿塔兰塔的实力，完全不需要他的弥拉尼翁辅助，有时候甚至是为了护着他，阿塔兰塔会放弃一些收人头的机会。

不管怎么说，几局打下来，林时与感觉自己游戏体验非常好。

后来他想玩法师，那位粉丝仍旧玩的是刺客，认认真真 Carry 全场，他打得一点压力都没有。

"好啦，今天就打到这里吧！感谢这位粉丝，我今天就没输过！"

顾且也带着笑意看直播间里明显很开心的十一，打字道："好的，拜拜。"

"以后有机会再一起玩哦。"林时与说着把游戏界面关掉，对着镜头道，"不过他居然是顾神的粉丝欸……"

别的粉丝都看得酣畅淋漓，纷纷发弹幕聊起天。大多都在夸今天这个粉丝的操作逆天，还说到是和顾且截然不同的玩法。

"说的也是，我们顾神可是出了名的稳，顾神是不需要秀的。"

林时与突然想：如果让今天这个"顾且"和 Q 打一场，不知道是谁更厉害些。

· 14 ·

这些天不直播的时候，林时与有时也会和"顾且"一起开黑，他其实还带了几分私心，有这样的大神带着打，自己的水平不可能没有提升，虽说要打败 DENKI 的 Q 是不可能的，但还是希望自己能好好磨炼技术，不至于被人家看轻。

想到 Q，林时与又有些暴躁，不小心手滑按了个闪现冲进对方人堆送了个人头。

他赶紧说了声不好意思刚刚走神了，"顾且"在好友栏里问他："在想什么？"

"你经常逛游戏区吗？有没有听说过 Q 呀，他和顾神是一个俱乐部的。"

林时与已经习惯了这位队友不开麦，反正他打字也不影响游戏，也就无所谓了。

"知道，他技术还行。"

林时与不知道为何就有些失落，撇了撇嘴，看着手中操纵的赫拉就觉得有些提不起劲。

"没事，玩游戏开心就好了。自己有自己的追求嘛，人家也未必就有恶意。"

林时与突然有些不好意思，看来"顾且"知道他和Q之间的矛盾。不过也是，"顾且"那时候刷了几千块的礼物，怎么说也是个铁粉了。

"别走神。"

林时与发现这个"顾且"很喜欢用刺客打上单，在远古赛季的时候刺客确实在上路可以占到优势，不过现在刺客类英雄和坦克与战士交战还是缺陷明显。

在这样的小高端局里，顾且的水平完全不虚，林时与姑且当他是打着好玩。

"你也喜欢顾神吗？"林时与又开始和他闲聊，"欸，你不会是因为我喜欢顾神才当我粉丝的吧！"

"你为什么喜欢顾且？"

林时与的赫拉被对面刺客抓了，打得有些紧张，随口回答："就是喜欢嘛。"

一个闪现回塔下，他发现阿塔兰塔已经来支援了："早知道你来我就不逃了，每次都记不住看小地图。"

"顾且"在自己路的时候林时与总是比较安心，他继续唠嗑："我打算这次抢半决赛的票！决赛太贵了，并且凭我的手速肯定也抢不到。"

"上次热身赛我倒是去了，顾神打得一点也不费劲。能亲眼看看顾神认真打比赛也太让人向往了……"

· 15 ·

"顾队，你脸好红，空调要开低点吗？"

"顾队又在玩刺客，阿苗是不是要失业了。"

边上阿苗夸张道："我，波罗苗，国服最强阿波罗，DENKI 神话刺客。顾且就算把你们都替了也替不了我。"

顾且没理他们。

他这几天没有再和十一打游戏了，他虽然对自己有自信，但毕竟是秋季赛这样的大赛，也要和队友多磨一磨手感。

DENKI 一路顺风，众望所归，半决赛对上了雾都最强战队 B.X.，这支战队最大的特点就是他们的法师中心流打法，而且他们全队每人都会打优势法师，战术多变，轮流占 C 位，开局前没人知道你会对上谁的法师。

这是一场恶战。训练很紧张，但是顾且一贯没有心理压力，等到半决赛那天仍然心无波澜，

甚至特地拿韩城的手机看十一的直播。

如果来看半决赛的话，他肯定会直播分享的吧。果然，屏幕里十一脸上的开心都要溢出来了，一直手舞足蹈地和粉丝分享喜悦。

顾且在战队车上看着他走到门口检票，却突然蹙起了眉头，依稀听见几句"怎么可能……"

顾且第一时间怀疑他买了黄牛票，而秋季赛的黄牛票基本都是假的。他有点头疼地耸了下肩，转过去问后面几个人："我们半决赛有家属席吗？"

"什么？！"

"家属席?"

"顾队?"

顾且的父母并非不反对他的这个职业,但他自小是有主见的人,而且他父母都是高知,事业很忙,根本顾不上他,自然也从未看过他的一场比赛。

"你……你脱单啦?"

顾且懒得说话了。

下了车他直接走到十一屏幕里显示的东南门,正在入场的观众看到他都愣了,他循着直播里的指示牌看到了皱眉站在一旁的林时与。

"你好。"

直播间里的粉丝看见屏幕一角露出的脸顿时沸腾了,整个直播间的热度猛然上涨。林时与的表情震惊得有些扭曲:"顾……顾神,你好。"

顾且抿了下嘴,从包里拿出一张工作牌:"买的票进不去吗?这个给你。"

林时与迷迷糊糊接过牌子都来不及分神看上面的"家属"字样,光顾着盯顾且了。顾且有点不自在地挥了挥手:"我先去备战了,后场找工作人员带你找位子。"

16

林时与今天好像在做梦。

他没抢到半决赛门票,咬牙斥巨资收了张据说是非常靠谱的黄牛票,却被拒之门外。

最离谱的是他居然在半决赛场外碰到了顾且本尊!顾且还给了

他一张家属牌!

直播平台上顾且给十一家属牌的话题已经被刷爆了,他看着直播间里飙升的热度还觉得很不真实,带着他八级铁粉ID的那个"顾且"出现了,发了句:"这就是我本人的号。"

林时与表情管理失控,倒吸一口凉气,仔细思量确实处处都说得通,可又完全在意料之外。

他拿着牌子找工作人员带进了席位,这位置简直得天独厚,就是太显眼了些,他感觉很多人都在盯着他看,饶是他这般长期对着镜头的人都有些不自在。

好在选手入场,分去了他们大部分的目光。

半决赛前他居然还有空看直播,大神果然与众不同。

比赛开始的时候无论选手还是观众都进入了高度紧张的状态,唯有解说的声音激情澎湃。DENKI的阵容几乎万年不变,从未换过位置,这次也一样。

第一局B.X.玩法师的是树树,他的法师以刺客流高伤害著称,其实有些克制了顾且,加上DENKI的射手丝瓜局内开场节奏的失误,DENKI第一局以失败告终。

不过好在他们很快调整心态,顾且仍然稳稳当当,B.X.第二局试图故技重施,解说也已看出了端倪:"其实在大赛上连用两次相同战术并不是好选择,顶端的职业选手都具有很强的应对能力。"

凭借一时的优势终究也难以为继,DENKI仍是众望所归,将半决赛拿下。

林时与回去之后就登上了游戏,看见顾且居然在线,他点进聊天框又不知道说些什么,对方却直接发来了游戏邀请。

林时与愣了一会点进去,这回他开麦了,果然就是顾且本人。

"我开了?"

开局之后,林时与支吾了一下,先开口说了句谢谢,只听到耳机里一声笑:"没事。选弥拉辅助我。"

林时与其实还想问问顾且是偶然碰到他才给他送了家属牌,还是特地找来的,但是又纠结着没有问出口。

"你不用训练吗?怎么一直打的是刺客?"

聊天的时间顾且已经收下一个人头,林时与也不再多问,但是又听见顾且说道:"其实,Q也是我。"

林时与都快忘了这个人,这会儿提起来他也没什么太大的反应,一时不知道说什么,只"嗯"了一声,然后他惊奇地发现从未出错的顾神居然刚刚对着对面肉度极高的坦克浪费了自己的大招。

"顾……顾神,你怎么了?"

等等,林时与的表情由担心、惊诧到愤怒,他才意识过来,顾神说的是,他不仅是那个"顾且",他还是Q?

那个在他玩奶妈宁芙的时候对他百般羞辱并且屡屡嘲讽他技术的Q,甚至他还因此得罪了DENKI战队的人。这重重的反转,林时与甚至怀疑自己是不是在演什么狗血偶像剧。

"不是吧,顾且,你居然是那个Q?你认真的吗!"

顾且:"那时候的事情都是误会,我没有……看不起你的意思。"

林时与回想起之前的事,甩了一下鼠标泄愤,觉得自己当然不能这么快就原谅他。但细想之下,除了第一局他选宁芙,顾且没有照顾到之外,其他事情似乎都情有可原。

而且顾且说都是误会的语气实在太无辜,林时与还是没忍住笑了一下。

"笑什么？"无论是镜头里还是战场上一贯沉稳的顾神语气好像有点慌，"我这回可是特地找去东南门给你送的牌子，算是我的道歉了。"

"算了。"林时与集中注意在操作上，嘴上也没停，"不过拜托，你可是顾神，顾神嫌弃我的技术也太正常不过了吧，要是知道是你的话我天天追着你玩，完全没在怕嘲讽的。"

耳边有一阵很浅的笑声，林时与嘴角没放下来过。

"总决赛也来吧，记得带上上回的牌子。"

· 18 ·

史诗之战秋季赛总决赛赛场上。

双方阵容一出来的一刹全场一片寂静，连解说都久久无言。

顾且选的是刺客。而且不是和DENKI原有的刺客换位，也就是说，DENKI有两名刺客。

林时与激动得脸通红。是刺客上单！是他们一起练了很多次的刺客上单！

虽说大赛决赛，各个队伍都会出其不意，可也不会太过出人意料，毕竟每一个调整都需要无数次的练习。

林时与攥着拳头看着鱼贯离开水晶的DENKI五人，顾且操纵的阿塔兰塔果然走向了上路。

可辅助仍旧跟着射手潘达罗斯。

所以……顾且这局居然是不需要辅助的刺客上单打法吗？林时与走了片刻的神，往日一局局的细节涌上心头，每每他玩弥拉尼翁的时候，顾且其实都完全没有依赖他的加成，反而还要分心来保护他。所以顾且压根不需要辅助，甚至没有了他这样拖后腿的辅助，他会更发挥自如。

虽然不愿承认，但这是变相地帮顾且做了负重训练了？

也就是说，倘若今日DENKI在赛场夺冠，这份荣誉也有他林时与的一份。

林时与越想越激情澎湃，恨不得站起来大喊加油。他盯着顾且微蹙眉的严肃神情，莫名燃起来的情绪被平复了些，对手毕竟是劲敌雄狮，胜负难定，用这样出人意料的战术更是让人悬心。

他看着对方的上单，坦克盖娅一开始显然处于压制之势，毕竟刺客在六级之前其实非常脆弱，盖娅压线一直很深，看起来顾且劣势明显。

"顾且一向是以稳著称，大家看他安守塔下带线，经济差其实并没有拉开太大。"

解说的重心罕见地放在了上路："但是一直这样也不是办法，可以看出阿塔兰塔现在完全无力游走。"

林时与的嘴角扬起了一抹意味不明的微笑，这战术可是他们反复操练过的。

上路优劣明显，渐渐失去了看点，解说转而看向了传统重心法师和射手。只有林时与嘴边一直噙着笑意，看着顾且一点点地夺取经济。

"我的天！我们可以看到数据面板上顾且的阿塔兰塔已经超越盖娅这么多了，这究竟是怎么做到的？"

林时与在心中默默解释：阿塔兰塔可是刺客呀！一旦六级之后，敏捷的游走能力远远大于坦克大地女神盖娅。

林时与越看越入迷，看着熟悉的金狮女神飞跃在地图间，好似自己弥拉尼翁的金光仍环绕在她眉眼之间。

顾且的优势显山露水，对面很快就反应过来了，开始抓他。然而前期的疏忽导致他们出装没法压制阿塔，加上顾且非人的优秀操作，对方已然疲态尽显。

不再需要刻意隐藏自己的实力，顾且的顶级操作在赛场上大放异彩。

第一局，DENKI以震惊全场的出奇战术取胜。

局间休息，雄狮的人都忍不住遥遥向DENKI竖起大拇指示意，顾且只是微微点头。

林时与也知道，这一下是措手不及，谁知道雄狮有没有藏招，也无法保证他们不会在这段时间内想出应对的方法。

第二局，雄狮显然选择了针对刺客的阵容。

然而再一次出人意料的是，DENKI选择了他们的传统阵容，而且顾且玩的是他最最擅长，也是最最为人熟悉的战士阿瑞斯。

相比之下，雄狮本来是想以高爆发英雄阵容和DENKI双刺客硬碰硬而选择的，在现在的阵容之下，几乎是不堪一击了。

"DENKI真是好战术啊！本来两支战队就是技术不相上下，这样一来，形势对雄狮很不利呀。"

他们开局已经认识到了重大失误，很快调整出装和战术，毕竟顾且的阿瑞斯实在太负盛名，早不知被分析深扒了多少次。

可顾且的玩法和战术可以被针对，他从未出错的超强实力却是无解的。

这一局DENKI紧抓优势没有露出一点纰漏，最后拿下胜利。

DENKI居然在总决赛上2:0零封雄狮，获得冠军。

　　林时与和身边激动的观众一起在颁奖环节站了起来，向台上全胜凯旋的DENKI挥动手臂。

　　顾且拿下冠军的笑意不比平时多几分，却在亲吻奖牌时向舞台一处投去视线，眼底有真正荣耀在怀的笑意，这也是，独属他们两人的光辉。

你到底晕不晕车

Sleep n. / Text

外冷内热霸榜第一 × 欢脱脑补帝万年老二

Carsic

你到底晕不晕车

Text

Sleep n.

▶ 微博@瓜仔瓜酒，想自由。

01

不知道你们有没有遇到过一种人，他们总是胜你一筹，就像是天生克你一样，任凭你怎么努力都超不过他。

学校表彰大会上，主持人正在播报十校联考成绩："第一名边俞，第二名梨想，第三名黄大牛。请这三名同学上台领奖。"

我走上了第二名的位置，站在边俞旁边。

边俞是邻居以及亲朋好友眼里的天才儿童，而我就是那个样样被压一头，人们提起只能说一句"很努力"的万年老二。

主持人采访完边俞，又转来问我："梨想同学这次又是第二名，有什么想和大家分享的呢？"

我面带微笑，官方地回答："好好学习，我会继续努力的。"

心里想着：学什么学，爷退学。

02

我竞赛得市级奖项,他竞赛得省级奖项;我语文作文近满分被老师打印出来当作例文,他优秀征文被出版社选中编入书中。

最终我苦读三年考上 B 大,他保送,读最好的专业继续考最高的分。

我恨恨地咬苹果泄愤,没想到这居然是个面苹果,我这一口仿佛咬在了棉花上。

我流泪,我不服气,我们火象星座的最大的特点就是倔,这次我势必和他死磕到底。

03

边俞八点起床去晨跑,我七点半就起;他参加篮球比赛,我就去报名当裁判;他是摄影社团的会员我就去面试当部长;社团要出去旅游拍照,边俞报名了,我……

我问组织部部长:"咱们怎么去?"

部长瞥我一眼,说:"坐大巴。"

04

我释然了,所有爱恨前缘在一瞬间消散,我们火象星座最大的特点就是能屈能伸。

部长看着我,目光如炬:"别跟我扯这些,到底为什么不去?"

我沉默,我笑而不语,部长步步紧逼。

05

我晕车。

06

没了和边俞的暗暗较量，生活陡然变得索然无味起来。

食堂的糖醋里脊、小炒肉、宫保鸡丁变得不再诱人，连游戏的输赢都显得不那么重要。

室友 A 站在野区不打团，我摘下耳机亲切地问候他在干什么。

他瑟瑟发抖，我笑容可掬。

我温和地问："你在看风景吗？"

室友 B："梨哥……冷静……"

我笑道："我来陪你一起看。"

07

室友 A 沉默。

室友 A 转头问室友 B："他失恋了？"

08

我充耳不闻，心如止水地在野区溜达，觉得自己只差一个机缘便可飞升成仙。

这时部长发来个消息。

部长：咱们换高铁去了，你还来不？

我问：怎么突然换高铁了？

部长：边俞说他也晕车，他一说，那些小女生都跟着说晕。

部长：报名的时候没听说他晕车，你一说他也说了，你说奇怪不奇怪？

09

高铁很好，但是习惯使然，我还是带了几个橘子，一边吃一边看外面的风景。

边俞就坐我旁边，说实话，我单方面认识他这么久，这还是少有的一次离他这么近。

同学三年没同过桌，现在住宿也一个在校内一个在校外。

我愿称之为"宿敌定律"：上天不能把我们俩放一起，一山不容二虎，很容易发生事故。

我时刻留意着他，还脑补了我俩在高铁上大打出手的场面。

我一个螳螂腿扫过去，他一个白鹤起立，然后一招蛇拳夺我命门。

我热血沸腾，甚至有些跃跃欲试。

10

边俞在这个时候突然开口，我汗毛立起，进入备战状态。

他问："同学，能分我个橘子吗？我有点晕。"

我："啊……哦，好的，这个给你，还蛮甜的，哈哈。"

11

部长坐我右手边，凑过来问我：你刚刚想什么呢？盯着边俞眼睛都看直了。

我转头看向窗外，装作没听见。

主要实在是没脸讲。

12

部长戳戳我，示意我看消息。

部长：你不觉得边俞挺关注你的？还主动跟你搭话，说明什么？

部长跟我关系挺好，知道我跟边俞暗暗较劲的事。

当然，是我单方面较劲，边俞本人对此事毫不知情。

我思考片刻，回道：说明他晕车确实非常严重？

部长恨铁不成钢：你再好好想一想啊！哪儿有人晕高铁的，你怎么不开窍呢！

我：您就直说了吧！

部长：照我看，他八成是发现你跟他较劲了，现在开始盯上你了，你小心点。

另外一个朋友正看我俩对话，然后微微一笑："我看你俩不开窍的程度半斤八两，谁也别说谁。"

13

就有那么巧的，几年来都没什么交集，偏偏出来旅游我俩就被分到一间屋子了。

我激动不已，本想着逮住他打呼噜磨牙的证据，然后拿来嘲笑他，结果一晚上屋里什么声音也没有，连呼吸声都很轻。

倒是我，一晚上激动得没睡着，第二天顶着个黑眼圈出门，部长看了吓一跳，压低声音问我："你俩终于打起来了？"

他飞快地看了一眼那边精神状态不错的边俞，换了个说辞："不是，边俞终于忍不住打你了？"

我呵呵："他倒是没打我，但是你再多说一句我很难保证不打你。"

14

我们来的是个古镇，青石板路瓦片房，环境让人很放松。下午大家干脆租了个船游岸，船摇摇晃晃地飘，我迷迷糊糊地睡。

边俞离我两个位置远，中间隔着部长。我中间醒了几次下意识地去看他，好像都对上了眼，最后一次他冲我笑了一下，我一个激灵，瞬间不困了。

我忧心忡忡地问部长："我是不是得配个眼镜，我刚才好像看见边俞冲我笑。"

部长安慰我："不用，我觉得八成是臆想症。"

我放下心来："原来是臆想症啊，那就好，我还以为近视了呢。"

我又听见边俞笑了一声，这次清楚得很，不止我一个听见了。

社团其他人兴冲冲地问边俞："什么好笑的让我也笑笑？"

边俞说："刚刚看见岸上有只猫在打滚，怪有意思的。"

我好奇地去张望，小声嘟囔："哪儿呢？我怎么没看见。"

却不想这么小声边俞都听见了，他看着我，笑得意味深长："可能是近视了吧。"

15

夏天天气热，玩了一天回来还得洗衣服，我一边龇牙咧嘴一边手里大力揉搓着衣服，心里还在想边俞到底是不是在内涵我。搓一下，是，再搓一下，不是，是，不是……

我稍微一个用劲，两只手突然一抽，脱力了。

我："嘶——"

边俞闻声过来，语气带有几分焦急："怎么了？"

我痛得眼泪快出来："手抽筋了。"

他："怎么搞的？"

我："洗衣服洗的。"

空气突然安静了几秒，有点小丢人，还好我脸皮够厚。

16

边俞沉默了，像是没想到一个成年男性会洗件衣服给自己手洗抽筋了。

我笑着说我去床上躺会儿。

我走得很快，没敢抬头看一眼边俞的反应，像只过街老鼠。

有点狼狈，还强撑着想要维持体面。

17

我从小就跟正常小孩不太一样。

别人翻墙玩泥巴的年龄，我躺在医院病房里，数着滴液管里的药水。

一滴、两滴……还有五千滴，我就能回家，还能在路上买个草莓蛋糕。

不能跑不能跳，没人跟我玩，我只能看书，看书，再看书。

所以我成绩很好，我也只有成绩好。在这仅有的一个我擅长的领域，我看不到后面那么多人，只看得到前面的边俞。

我一直在追赶他，我其实不在意追不追得上，他甚至不需要知道我的存在，我只是需要抬头看，知道这里不是只有我一个人。

18

后来我不知道什么时候睡了过去，醒的时候外面太阳正当头，阳光铺洒在阳台上，阳台顶的晾衣架上飘着我昨晚没来得及洗完的衬衣，不知道什么时候被洗好晾了起来。

床头放着张字条，边俞写的，我认得他的字。

上面写着：衣服帮你洗好了，晾在阳台上。我和严齐说了声你不舒服，在房间休息一上午，所以没喊你。

严齐是部长的名字，我拿出手机看，他发了不少消息问我怎么了。

我说没事，然后让他把边俞的微信发来。没错，我没边俞的好友。

边俞通过得很快，几乎是一秒就通过。

我给边俞发：谢谢。

他回我：记得下楼吃点东西。

我盯着阳台上飘着的衬衣发呆，突然鼻子一酸开始流眼泪。

人真是奇怪，难过也会流泪，开心也会流泪，不知道这两种眼泪的味道会不会不一样，会不会一个苦一个甜。

19

回来之后我和边俞再没怎么联系，他似乎也不怎么用微信，朋友圈翻到底也就三四条，其中还有两条还是青年大学习。

说来惭愧，我跟边俞同学三年都没彼此微信，八成是因为我太吵了。

我一天发几百条朋友圈，连我妈都受不了，把我屏蔽了。

比如最近，我连发三十条朋友圈感叹新疆炒米粉是绝世美味，然后就接到了严齐电话，说再发就给我拉黑。

我痛心疾首，说："你们这些凡人，根本不懂它的美味！"

20

学校不让外卖小哥进出，所有外卖都放在公寓门口的栅栏外面，我穿着拖鞋在一堆外卖里翻找，一抬头看见了一双熟悉的手。

骨节分明，无名指根部有颗小痣，可不正是边俞。

我冲他打招呼："这么巧，你也来拿外卖？"

边俞点头，然后拿起了一个和我一样包装的袋子——新疆炒米粉。

一种找到知音的感觉涌上心头，有人能拒绝炒米粉的诱惑吗？没有，连边俞都拒绝不了！

边俞看了眼我手里的袋子，又看了眼自己的，道："我们俩是不是……拿错袋子了？"

我低头一看，嚯，可不是拿错了嘛，一个微辣一个爆辣。

我连声道歉，换过了我的爆辣炒米粉。

我正要走，边俞突然拉住我，眉头轻轻皱起："梨想，胃不好就不要吃这么辣的。"

我愣住了，换作别人我早怼他管得宽了，可偏偏对方是边俞，又偏偏是在我单方面和解后。我呆呆地问："那我吃什么？"

边俞似乎也没想到我会这样问，思索了片刻，领我去食堂，给我点了份一荤两素的盖浇饭。

一大盘，阿姨还热情地给我多加了一勺饭。

2/

我就这么穿着拖鞋坐在食堂，和学校一大风云人物面对面吃饭，桌子上还放着份无人问津的爆辣炒米粉。

我拿着勺子，嘴里吃着米饭，心里想着炒米粉。

这大概就是吃着碗里看着锅里，三心二意，六……

我猛地一拍大腿，终于发现了事情的怪异之处。

我们去的是南方，吃饭胃口淡，我也没在屋里点过重口的外卖，那边俞是怎么知道我胃不好不能吃辣的？

22

我是个藏不住事的人，看着边俞在对面一口一口优雅地把炒米粉吃出了在高级餐厅里吃意大利面的感觉。

我忍不住打断道："那什么，边俞，你以前认识我吗？"

边俞吃下了最后一口，拿出纸巾擦了擦嘴巴，点头道："认识啊。"

他似是觉得有些好笑："梨想，你很优秀，认识你不是很正常吗？"

我："你再重复一遍你刚刚那个话。"

边俞想了想，然后恍然大悟，说："你很优秀。"

我："谢谢，有被爽到。"

23

我一直那么明目张胆地跟在他后面，就是觉得他不会注意到。

边俞光站在那里就给人一种不太好接近的感觉。

因为差距太大了，像朵高岭之花。

边俞说他一直都知道我，但真正让他开始留意我是在高一下学期刚分班不久。那是第一次考试，直接影响到下次物理竞赛班的名额。

那时我已经是出了名的万年老二，于是有人在上厕所的时候找到我，说可以帮我整整边俞，让他考不好，但是他们不在第一考场，所以需要我帮忙。他们说早看他不顺眼了，大家双赢。

我拒绝了。

其实我已经想不起来这件事，此时听边俞说起来，颇有几分听别人朗读自己做的好人好事的羞涩，但又耐不住想听。

我故作矜持地说："嗐，人要正直嘛。我当时怎么说的？我是不是慷慨激昂地批评他们的错误行为然后劝他们好好做人？"

边俞这次是真笑了，好一会儿后他才咳了两声，忍笑道："你说他们要是实在闲得没事干，就去工地上找块砖搬搬。"

24

呵呵。

我就不该问。

25

这样一切就说得通了，只要认识我的人就知道我身体不好，像边俞这种细心的人，知道我胃不好也无可厚非。

我正放松下来，又突然一个激灵："那我跟着你报社团、报篮球赛、去图书馆的事你也都知道吗？"

边俞愣了愣，然后擦了擦手缓慢地说："本来不知道。"

我面如死灰。

有没有谁需要嘴部捐献的，我这张破嘴爱谁要谁要。

或许是我的生无可恋表现得太明显，边俞看了我一眼，又开始笑。

边俞长得很好看，是那种偏薄情的长相，笑的时候眼睛弯成半个圆弧，刚好冲散了他身上的那几分冷淡。

我看得有些愣，想着，边俞平时也是这么爱笑的吗？

26

我们当初是按兴趣爱好选的宿舍，所以大家都不是一个专业。

我所在的专业这学期假期要外出调研一星期，由于晕车晕得太狠，我没和他们一起坐大巴。假期正是出游高峰期，高铁票早没了，我坚持不懈，最后才蹲到一张火车站票。

边俞发消息问我坐上车了吗，我说："没坐上，站上了。"

他过了两分钟才回消息，我已经习以为常，八成又是在笑。

我和边俞就那么莫名其妙地熟了起来，高岭之花、学霸校草，跟我说两句话能笑十分钟，说出去都没人信我。

我无奈，早知道现在会沦落到讲笑话谋生，我当初就不该费那么大劲考大学。

27

调研任务不是很重，下午三四点就可以回酒店待着，准备明天要做的事情。

室友 A 今晚有选修课，跟边俞是同一节课。等他下课回来已经十点多了，我俩还约了晚上打游戏。

A 是个闹腾的性子，平时打游戏能耗到宿管阿姨来敲门，今天却安静得有些诡异。

他一副不在状态的样子，玩得我也没劲，正要下号睡觉的时候，A 突然说话了。

他扭扭捏捏地跟我说，他感觉边俞不对劲。

我打了个哈欠，无语道："现在没人比你更不对劲。"

他有点急了，跟我说："不是，我今晚不是跟他一起上选修课吗，刚好坐一起，然后你猜我看见啥了？他下课的时候看手机，看得津津有味，脸上还带着笑，给我吓一跳，还以为他在跟女朋友聊天，结果一看，好家伙，那不是你朋友圈吗！说明一下啊，我真不是故意偷窥，他就那么放桌子上，我实在好奇扫了一眼，不是我说，就你那朋友圈，我怀疑够他翻一年，狗都不想看，他在那儿看得可认真了。"

梨子，你到底怎么招他了？"

28

我正要反驳什么叫"狗都不想看"，听到他最后一句话愣住了。边俞好像确实有点奇怪。

我想到了几天前拿外卖的时候遇到边俞，明明和我买的是一家炒米粉，可他最后只吃了一半，看样子并不是很合口味。

那为什么要买？

我又开始回忆和边俞熟起来的过程，总觉得哪里出了差错，但是又说不出个所以然来。

比如他知道我胃不好，听起来好像很正常，可细细一想，这也不是什么大毛病，如果只是认识的话，怎么会注意到这么细小的点呢？

我心不在焉，第二天出门了还在想到底是哪里不对劲。

事实证明人不能分心，我下楼梯一个不留神踩空，从楼梯上摔了下去。

我躺在医院，严齐听说我摔了之后一个电话打过来，我还没来得及说什么就听他大喊一声："梨想，你没事吧？你这腿还能走吗？"

我吓了一跳，回道："从楼梯上摔了一下，暂时没法走……"

我话还没说完又听室友A在一旁吼了一声："什么？梨子你从楼梯上摔下来给腿摔断了？"

然后那边就七嘴八舌地闹了起来，我反手挂了电话。两分钟之后干脆打了个视频过去，让他们自己看我的腿。

没断没折，扭了一下破个口子，躺个三四天就能下床跑了。

严齐松了口气，责怪我："怎么不说清楚，害得大伙吓一跳。"

我感动之余又被气笑了:"你们那动作快的,我能插得了嘴吗?"

严齐沉默了会儿,然后看了眼我的脸色,心虚地说:"其实我们都算动作慢的了,还有更快的。边俞已经买票看你去了。"

29

我好像突然想明白哪里不对劲了。

边俞不是那么个热情的人,他对我,是不是太上心了点?

30

调研的地方就在省内,边俞到的时候我正躺在病床上看综艺,手里还在剥橘子。

边俞表情有点严肃,坐在床边问我腿还疼不疼。

我努力想活跃一下气氛,想动一下给他看看表示没什么大事。结果一动,还真挺疼,疼得我脸一下皱了起来。

边俞轻呵一声"别乱动",然后手按上了我的腿,问我怎么摔的。

我支支吾吾说不出个所以然,总不能直接说"在想你,然后走神摔了"。

我不说,边俞也没逼问,他叹了口气,坐在我旁边说不舒服记得说,然后就拿出了手机。

夭寿了,我还没来得及想清楚,罪魁祸首就自己出现在了我面前,问题是我还没法质问他。

他笑得挺开心,我忍不住伸头一看,正是我那废话连篇的朋友圈。

我突然有种被公开处刑的窘迫,我连忙喊边俞,他抬头看我,问怎么了。

我眼神飘忽,刚刚一时心急喊了出来,结果完全不知道要干什么。

我只得说:"那什么,帮我递个橘子。"

这要求实在有点无理,毕竟橘子就在我左手边,我甚至不用起身就拿得到。

边俞什么也没说,仔细挑了个大的拿出来,还问我用不用剥皮。

我下意识地点了点头,回过神来他已经动手了。

于是又没人说话,徒留我一个人尴尬。

我只得主动找话:"你怎么过来的?"

边俞说:"坐大巴来的。"

我知道他晕车晕得挺严重,倒吸一口气,也顾不上那些尴尬了,感动地说:"辛苦你了,路上还好吗?"

边俞道:"挺好的。"

我好奇地问:"你不晕车了?"

边俞慢条斯理地剥橘子皮,剥完了又分成一瓣瓣递给我,然后笑着说:"我从来不晕车。"

知识分子

河什么/塘塘 Text

白切黑选秀皇族 × 佛系傻白甜小爱豆

知识
分子

河什么
塘塘

▶ 这里本应该有一句很有趣的个人简介，但本咸鱼市著名废物点心写不出来（磕头.jpg）。

▶ 01 ◀

沈知在十月份的末尾，接到了公司要求他参加选秀节目的通知。

沈知不想去，这不是他第一次参加选秀类的节目了，像他这种一走漏点风声就会被全网嘲讽"回锅肉"的存在，明知道出不了道，走那个过场，既蹭不到什么好的流量，还丢脸得要命，去了挺没意思。

但胳膊是拗不过大腿的，公司要他去，他就必须得去。

行啊，去就去呗，谁怕谁。

结果是观众投出来的，公司又不肯出力背后操作，那自然是和他一点关系也没有，最后一轮游，公司要怪也怪不到他的头上。

就这样，沈知抱着必败的心态上了岛。

▶ 02 ◀

沈知是在分宿舍的时候认识顾裴识的，其实也算不上认识，毕竟除了初次见面客套地打完招呼后，他们再没说过话。

说到分宿舍，表面上是抽签决定，随机抽取写有房间号码的手卡，但作为选秀老油条，沈知哪里会不懂背后的弯弯绕绕。

说得好听一些，是定向组队，说得现实一点，是没背景的倒霉蛋给大公司的练习生"扶贫"。

选秀节目的选手是被分了三六九等的，就拿他自己来举例子，作为一个两过成团出道门而不入、微博账号有个几十万粉丝的小爱豆，他算是处在中上游。属于自带流量，是前期会分配镜头，被节目组刻意制造话题的选手。

虽然说，节目组不一定看得上他，毕竟还有比他更好的人选，但相对于完全是素人的那一批选手来说，他还是会被重视一些。节目组可以利用他，给他们想捧的人做垫脚石。

很明显，顾裴识就是那个踩着倒霉蛋上位的人，俗称"选秀皇族"。

他可没随便冤枉人，这都是有铁打的证据的。

首先，顾裴识是选秀大公司送进来的人。其次，顾裴识这个毫无名气又刚冒头的练习生，居然和自带热度的选手享有一样的待遇，不仅衣服领口别了两个麦，还从上岛起，就有摄像老师从头到尾跟在他后面跑，生怕漏掉一分一秒可以用来大做文章的镜头。

真是有够明显的。

沈知对顾裴识这类人可谓是深恶痛绝，没别的原因，要不是有皇族的存在，他在第二次选秀就该成团出道了，哪会落得个卡位淘汰的下场。

他被皇族偷走了本该属于他的人生，同样，顾裴识也会偷走原本属于别人的人生。

沈知忽然萌生了一个危险的想法，如果，他是说如果，如果他能在节目里把顾裴识的人设搞得一塌糊涂，节目组迫于观众施加的压力，是不是就会放弃对顾裴识强捧的做法？

管不了那么多了，不试试怎么能知道行不行得通。

03

沈知的想法并不是不切实际的事情，相反的，实施起来十分简单。这全是托了顾裴识和他分在了同一间寝室的福，送上门来的机会，不要白不要，强捧灰飞烟灭、自取灭亡，懂不懂？

还有，这一届选秀估计是被加大了投资力度，住宿条件比起去年举办的上一届好上不少——四人间变双人间，而且床非常大，被子很软，躺进去之后完全不想起来。

缺失了竞争意识的后果，就是别的选手分完宿舍收拾完房间就闷头扎进了练习室疯狂练习，而他像条没有梦想的咸鱼，在宿舍里醉生梦死。

沈知卷着软乎乎的被子侧躺在床上，思考着，明天该先从哪一步对顾裴识下手为好。

下黑手不能太明显，也不能不被看见，真是个糟心活儿！他果然太善良，竟然会为了别人的光明未来忙前忙后，甚至现在还不知道那个被他帮助的"别人"是谁。

沈知想着想着便有点困了，眼皮越来越重，晕晕乎乎快要进入甜美梦境的时候，宿舍的房门忽然被大力推开，撞在墙面上发出哐啷一声，他被吓得抖了抖，差点滚下床。

说不尴尬是不可能的，幸好房间里的摄像头被他用衣服盖住了，不然他就是摔瘸了，也得拄着拐杖爬起来，和顾裴识比画比画。

沈知刚想说些什么，没想到嘴都没来得及张开，就见顾裴识冲到他床边，语气诚恳地道歉："对不起啊，门一直打不开，我有点着急了，力气就大了一些，是吵醒你了吗？不好意思，实在不好意思。"

沈知被顾裴识一通操作打了个措手不及，脑袋空白了两秒钟后，心里嘶吼道：不是，兄弟，摄像头已经被我遮了，这个时候立小白花人设真的大可不必，没人看得见！是完全没录上，花絮都不会放的那种，你清醒一点！

顾裴识没有要放过他的意思，掰着他的肩膀左看右看，焦急道："真的没事吗？要不要联系工作人员，让他们帮忙叫医生过来。"

沈知嘴角扯出营业性的笑容，几乎将牙齿咬碎，一个字一个字往外蹦："不用，我只是有点吓到了，不是人没了。"

顾裴识好似依旧放心不下，说道："那你如果有不舒服的地方直接告诉我，我会帮你，毕竟是我惹出来的麻烦，你不需要和我客气。"

人的大脑，拥有的重要功能之一，就是加工语言。花费了十秒钟的时间，沈知的大脑成功地将"滚啊"加工成了"谢谢你的关心，我真的没事"。

▸ 04 ◂

沈知一晚上没睡踏实，一闭上眼睛就是顾裴识那张脸，比做噩梦还要可怕，他折腾到快天亮的时候才睡着。

睡眠质量差的恶果会在脸上体现得明明白白，第二天一早，他顶着两个大黑眼圈进了化妆室，被化妆师姐姐嘲笑了好一通。

他气得头顶冒烟，却还是得老老实实坐着化妆，遮瑕像是不要钱一样抹了厚厚一层，盖住他泛着青黑的眼下。

沈知脑袋不能乱动，转着眼珠子左右乱瞟，寻找顾裴识的踪迹，这一找还真被他给找到了，顾裴识在他的左前方，隔了两米左右的距离。

他盯着看了好一会儿，没忍住感叹，虽然是可恶的内定选手，但帅也是真的帅。

妆造完成之后选手都在后台候场，明明前一天下午已经知道差不多有哪些公司的人会来，可在大屏幕播报公司名称的时候，先进场坐在位子上的选手还是要满脸惊讶："大公司欸，他们居然也来了，压力好大啊。"

这种场面见得多了，也就没什么意思了。沈知面无表情，连虚假的营业微笑都懒得挂上脸，他好困，他真的好困。

▸ 05 ◂

终于，在沈知遮住下半张脸偷偷打了三个哈欠之后，人到齐了。

他坐倒数第二排最靠右的位子，身旁一直空着的透明椅子也终于被人填上。

他没太去注意旁边坐的是谁，只祈盼着今天的录制赶紧结束，好让他回宿舍昏天黑地睡上一觉。

在导师表演结束之后，初评级开始了。

留给选手适应的时间并不太多，第一天下午上岛，分配完宿舍，互相交流认识了之后，第二天一大早就进入了紧张的比赛环节。

初舞台的评比是由导师根据现场表演，依照选手实力分 ABCDF 五个等级，然后再根据评价等级进行主题曲的段落分配。

沈知对此没什么想法，他什么等级都行，反正不影响他和顾裴识住在一间宿舍。成团出道已经不是他如今的目标了，主题曲分到的段落多不多，他压根不在乎。

可惜没有大喜却有大悲。第一大悲是，他得知坐在自己旁边的人是顾裴识。

在知道旁边是顾裴识之后到顾裴识上台表演之前的这段时间里，他居然没有想出抹黑顾裴识形象的对策，是第二大悲。

第三大悲就是顾裴识像是有什么大病，提前准备的舞台表演完了不就得了，还搞什么加试？虽然加试没什么问题，有机会的话谁都想好好表现表现，但是莫名其妙 cue 他干吗？神经病啊！他一点也不想做额外的工作好不好！

沈知骑虎难下，只好硬着头皮往舞台上走，站在了顾裴识的旁边。

battle 是什么？他现在只想把顾裴识的头给掰下来，然后扔在地上当球踢！

手臂被轻轻撞了一下，沈知微微侧过头，用疑惑的眼神看向顾裴识，只见顾裴识把嘴边的麦拉开捂住，悄悄地小声说道："昨天的事情实在对不起，我给你争取了额外的表现机会，算是赔礼，你不要和我生气了。"

沈知无语凝噎，沈知泪如雨下。

顾裴识是故意的吧？顾裴识就是故意的！沈知咬紧牙关，在心里默默把顾裴识从敌人排行榜的第二提到了榜首。

▶ 06 ◀

此仇不报非君子！虽然他即将做的事情不怎么君子，但也是因为顾裴识小人在先！

沈知一刻也没有忘记自己的任务，趁着顾裴识练舞休息的间隙，他拉着顾裴识到小角落里说悄悄话："我有几个动作怎么学都学不会，练习室里人太多了，毕竟……毕竟这是我第三次参加选秀了，还这么差劲真的好丢脸，下午你能不能早点回宿舍教教我？"

沈知不怀好意，打算把顾裴识骗回宿舍，盖住摄像头，营造出顾裴识偷懒，别的选手都在练习室练习到深夜，就顾裴识早早回了宿舍休息的假象。

"现在回去都可以。"沈知被顾裴识诚恳又认真的眼神看得心虚，瞳孔轻微颤了一下，撇开视线继续听顾裴识讲道，"需要现在回去吗？后天就要考核了，要是你有很多不会的动作的话，得抓紧时间才行。"

沈知有那么一瞬间被顾裴识感动到了，明明顾裴识没有对他做些什么，偷走他出道名额的也不是顾裴识，他是不是做得太过分了。

反思片刻，沈知忽然看见了顾裴识上衣领口夹着的双麦，冲锋号再次吹响。

顾裴识是敌人，是他们这些没有硬背景的草根选手永远的敌人！永远！

▸ 07 ◂

时间过得飞快，主题曲的练习和考核告一段落。因为手机上交，沈知并不能打探到网络上的风声，也不知道他和顾裴识在宿舍彻夜练习主题曲的事情被传得沸沸扬扬。

沈知不知道他不仅没能搞臭顾裴识，还依靠着自己的努力给顾裴识贴上了两个正向的小标签：勤奋、乐于助人。也幸好他不知道，不然他非得给自己来上两拳。

岛上的生活节奏很快，主题曲表演录制完毕后，第一次公演紧接而来。

沈知开始发愁，小组比赛意味着他和顾裴识的相处时间会大幅缩水，不是同一个小组，他自然也没有理由再去找顾裴识一起训练。

那他能和顾裴识待在一块的时间只有晚上了，可顾裴识在训练室一泡就是好几个小时，等他回来，自己都睡着了，这该怎么办才好？

在沈知前路一片迷茫之际，他得到了上天的眷顾。世界上就是有那么巧合的事情——他和顾裴识分到了同一个小组。

老天有眼。

沈知自然是不会放弃这个天上掉下来的大好机会，他熬了个大夜，不眠不休地制订了搞垮顾裴识的三个方案。他迎着缓缓升起的太阳，顶着个鸡窝头，欣慰地把手中的纸张看了又看，满意得不行，把脑袋点了又点。

"你在看什么啊？"顾裴识不知道什么时候醒了，忽然从他身后蹿出来，"咻"的一下抢走了沈知捏着的纸，语气里的欣喜掩盖不住，"是特意为我们小组制定的练习计划吗？沈知，你人真好，不过……你还是要多注意注意身体，以后最好不要熬夜了。"

救命！沈知差一点就尖叫出声，比计划实行失败更可悲可泣的事情出现了，创业未半而中道崩殂，他的计划未实行之前就要暴露了！

沈知的瞌睡虫彻底被顾裴识打飞了，他睁大双眼，想要在顾裴识看清纸上的内容之前抢回来。

但人倒霉的时候是真的倒霉，倒霉到无法想象。他抢，他躲，俩人就像在池塘里嬉戏的鸳鸯，这时，宿舍门"咔嚓"被打开了。

沈知抢夺纸张的手僵住了，傻愣愣地举着，回头往房门的方向看。摄像老师扛着沉重的黑色机器和他四目相对，后面还跟着两个拿着大喇叭和手持摄像头，穿着粉色训练服，似乎是选手的人员。

糟糕，沈知想，他好像要完蛋了。

"Surprise！今天是江颂文和林卡的叫早time！"粉色衣服的选手不愧是 A 班的优等生，尽管因为眼前的景象大吃一惊，还是迅速地抹去了脸上的错愕，换上了亲切的笑容，表情管理和情绪调整快到无影无痕。他冲着手上镜头打完招呼后把摄像机对着沈知和顾裴识："和创始人打个招呼吧！"

沈知转身站好，笑容灿烂的和顾裴识共同营了个业。

该走了吧，还有那么多选手等着被叫呢，赶紧走吧。沈知脸都快要笑僵了，就差把"赶紧滚蛋"写在脸上了。

什么叫作没眼力见，江颂文和林卡给你当场表演。

江颂文打响了第一炮，表情夸张地指了指顾裴识的右手："顾裴识，你手上拿着的纸是什么啊？刚进门的时候就看见你和沈知在那里抢来抢去的，上面是写了很有意思的东西吗？如果方便的话，可以和我们分享一下吗？"

不方便！不方便！！！

沈知无声呐喊，喉咙都快要喊破了，可惜无人知晓，无人 care。

没眼力见的第二炮林卡紧随其后，故意引出话题，大吊胃口："难不成是你们之间的什么小秘密吗？要不还是算了，我可没有窥探别人秘密的癖好。"

没有窥探秘密的癖好就赶紧走吧！愣着干吗！走啊！求求了！

不怕敌人能力强，就怕敌人在内部。粉色选手看实在是制造不出什么值得拍摄的场景和话题，半边身子都快要扭过去了，却被顾裴识突然出声阻拦："方便的，不是秘密，可以分享的。"

顾裴识脸上带着些许洋洋得意，炫耀一般说道："是沈知熬夜帮我写的训练计划,虽然我们认识不久,但因为分到一个小组,他对我很照顾,不仅脾气很好,对团队也很上心。"

沈知眼睁睁看着顾裴识摊开抢夺时揉皱的纸张,看着顾裴识嘴角的笑容被缓缓拉平,看着顾裴识完美的表情裂开缝隙。

他好想逃,却逃不掉。

那张纸上面任何一句话被念出来都足够让他被骂到退赛,要是顾裴识知道他一直在想尽办法搞坏他人设,一定不会放过他的,更不会放过这次绝佳的报复机会。

但顾裴识没有。

顾裴识现场编出来了四条训练计划。

扑通扑通,是排行榜变动的声音。

顾裴识从沈知的敌人排行榜的榜首掉到了第二。

沈知膝盖一痛,他有罪,他背叛了组织。

▸ 09 ◂

沈知这边的情况实在算不上好,他一边极力谴责着自己的背叛,一边把顾裴识悄悄从榜一挪了下来。

再后来,顾裴识成了沈知敌人排行榜排名第二的常驻嘉宾。

别问为什么顾裴识常驻第二名次不再继续下降,敌对度的降低不等于降榜,而且排行榜一共只有两个位置,除了顾裴识,剩下的就是沈知那没出息的经纪公司。

第一次公演顺利结束,沈知彻底成了失去理想的咸鱼。

他既没有出彩的舞台表演瞬间,也没有成功搞坏皇族的人设,不仅即将一轮游被淘汰,还被顾裴识虚假的宽容大度给俘获了,他可真是赔了夫人又折兵。

▶ 10 ◀

不过，一轮游是不可能一轮游的，表现再怎么差劲，之前选秀的粉丝基础在那里，他想跑也跑不了。沈知被迫开启了和顾裴识"共同生活"的第二阶段。

或许是因为纸条事件，沈知明显地感觉到顾裴识对他冷淡了许多。叫名字不会积极回应了，邀请顾裴识一起去吃午餐也会被他左右推脱，到后面甚至远远看见自己就会立刻掉头就走。

沈知莫名地生出了些失落的情绪，他心里明明清楚，对敌人的仁慈就是对自己的残忍。可是仔细想想，"皇族"才是他的敌人啊，顾裴识只是不小心占据了他的敌人排行榜第二名的位置，顾裴识是无心的。

沈知越想越觉得没有底气，顾裴识一没有偷他的出道位，二没有利用机会让他背上骂名，就算顾裴识是选秀皇族，那也是可爱善良的选秀皇族。

他决定挽回这份可贵的友情，他想哄一哄被他一直针对着的顾裴识。

▶ 11 ◀

趁着拍摄宿舍日记，沈知在被提问到"和谁关系最好"时十分刻意地大声说出了顾裴识的名字，而后三句话里两句不离顾裴识。

工作人员："你觉得你和顾裴识谁最有可能出道？"

沈知："顾裴识，他比我帅。"

工作人员："下岛后最想做的事情是什么？"

沈知："去顾裴识的家乡玩，顾裴识说 s 市的美食超级多，如果我去了,他会请我尝个遍。"

工作人员:"最近有什么想要完成的心愿吗?比如和家人打个电话?或者用手机看一看比赛期间自己在网络上的风评?尽管大胆说,说不定节目组就帮你实现了。"

沈知:"如果说是近期最想完成的愿望的话,我想中午能和顾裴识一起吃午餐。他训练很忙,闷在练习室里不出来,总是不按时吃饭,我们已经很多天没有一起去食堂了。"

▶ 12 ◀

沈知的隔空喊话成功地传达到了顾裴识的耳朵里。他承认他就是坏心眼,明知道剪辑好的宿舍日记会在周日下午播给选手看,他还故意说这些让顾裴识下不来台的话。

不重要,他本来就不是什么好东西。再说了,黑猫白猫,能捉到老鼠的就是好猫。

在其他选手的起哄下,顾裴识沉默了片刻,最后答应了他的午餐邀请。

意料之中,第二天的午餐氛围糟糕到透顶,简直比两个从未见过的陌生人坐在一桌吃饭还要僵硬。

沈知是耐不住性子的人,他硬着头皮开口打破僵局:"是,我是讨厌你,我也承认,你挺好的,但是你知道吧,像我们这些选秀的选手,最恶心走后门偷别人出道位的皇族。

"你想想,换作你,辛辛苦苦练习,粉丝日日夜夜打投,好不容易把你送进出道位了,最后发布排位的时候,忽然冒出来一个人把你的位置顶了,你会不会特别生气和不甘心?

"我,你知道的,我参加选秀好几次了,这次已经是第三次了。

你知道吗，要不是被人顶了位置，我现在已经出道了。所以看到你……刚上岛就戴双麦，还有摄像一直跟着就一下子有点上头了。"

沈知把头埋得很低，几乎快要把脸埋进餐盘，声如蚊呐："对不起。"

顾裴识想说的话很多，但最终都被沈知的一声对不起给堵了回去，化作了一声叹息。他很轻易地就原谅了沈知，他一直纠结的、在意的、渴望得到的，好像就只是沈知的一声道歉。

其实，如果真的要去计较，他也并不完全无辜。最开始接近沈知，是因为他知道沈知是热门选手，俗话说得好，瘦死的骆驼比马大，热门选手的镜头总归是多的，他和沈知多接触一些，获得的镜头就会更多一些，还能方便公司操作去炒一波兄弟情。

事实也正如沈知刚刚所言，公司的确是想捧他，但他面对的形势十分严峻。公司不只是捧他一个，据他所知，在计划名单里列出来的选手就有六个之多，很多都比他更有价值。

住进房间第一个晚上发生的事情是他在演戏，为了试探沈知，看看沈知到底能不能成为他的垫脚石，给他制造话题和热度，从而让他把一时的热度转换为长久的人气。

他带着恶意去揣测去试探，最后发现只是自己多想了。沈知是很有意思很单纯的人，说简单一些就是个傻白甜，对谁都不设防，明明是第三次参加选秀了，还像一张什么都不懂的白纸。他脸上写着一切，口无遮拦，心里想什么就说什么，才和他认识没几天，就把他当作可以掏心窝子的朋友来看待，实在是笨得不行但又怪可爱的。

随着之后的相处，他的心态有了变化。他想，有沈知这样的人陪着他比赛，每天吵吵闹闹，也挺有意思的。最主要的是，沈知和其他人都不一样，沈知给他的友情，是不含杂质的。

坏事情做多了，好像总会得到报应。叫早活动原本是用来给他在观众面前刷脸熟的，没想到出现了突发情况，变成了可以用来戳穿沈知丑陋面孔的绝佳机会。

看着纸条上列得头头是道的内容，顾裴识差一点讥笑出声，自己居然也会有如此天真的时刻。竞争关系下，怎么可能会有纯粹的真心，沈知和其他人都一样，甚至可以说，沈知是和他一样恶心的人，表面无害，背地里为达目的不择手段。

机会摆在顾裴识的面前，只要他如实念出纸条上的内容，不仅可以借此让沈知的人气一落千丈，还可以让粉丝心生怜爱更加卖力为他打投。然而到了最后关头，不知道为什么，他忽然特别的不忍心，所以胡乱编造了些东西出来搪塞过去。

餐具碰撞瓷盘的声音扯回了顾裴识的思绪，他轻轻笑了一下，以此作为加入坦白局的信号，不紧不慢地说道："没关系，你没有什么好道歉的，你猜得没错，我的确是走了后门。公司是有捧我的打算，所以我一上岛就能像你这样的热门选手一样戴双麦，后面有专门的摄像老师跟着。

"哦，对了，我最开始和你交好也是为了蹭你的镜头。虽然后面没这个想法了，但想了想，还是告诉你比较好。"他看见沈知瞬间抬起头了，满脸诧异地盯着他。顾裴识顶着沈知的目光继续说道："不过公司今年安排了六个练习生过来，包括我，其中四个都是公司打算往出道位推的，你确定你顾得过来吗？

"原本以为你单纯，还想着和你好好当朋友来着，没想到心和我一样黑。"

虚假的面具彻底撕破，顾裴识抛去伪装，肘弯撑在桌上，手指交握，把下巴搭在手背上，摆出一副遗憾的表情，像是为了观看沈知更多破碎的神情而恶劣道:"那件事情弄得我失落了很多天,茶饭不思,夜不能寐的,就差偷偷跑出去做近视手术了。"

沈知被巨大的信息量砸蒙了,什么,什么鬼,所以说,傻白甜竟是他自己!

沈知一口气卡在喉咙里不上不下,舌头仿佛被打了一个死结:"你……"

"怎么了?"顾裴识把水递到沈知手边,仿佛先前说出的话只是一些无伤大雅的玩笑。他说:"沈知,以后我们一起吃午餐吧,每天都一起。"

沈知终于捋顺了舌头,愤愤道:"为什么!"

"还能为什么,当然是为了实现你的愿望啊。"

"愿望?什么愿望?"

顾裴识歪了歪头:"宿舍日记里,你不是叫我和你一起吃午餐吗?"

"那个啊,现在不是已经实现了吗,我能换个新愿望吗?"

"之前的事我也该说对不起。我们……一起出道吧,我会好好努力的。"

▸ 13 ◂

太别扭了,真的太别扭了,无论什么时候回想起来,沈知都别扭得全身发痒。

莫名其妙和顾裴识来了一次坦白局,莫名其妙成为顾裴识之后的午餐搭档,莫名其妙和顾裴识达成了和解,还莫名其妙地让顾裴识完成他的愿望。

事情怎么会发展成这样,按理来说不应该啊!

再怎么不应该,情况就是这么个情况了。或许是知晓了彼此的真实面目,两个人相较之前更亲近了一些。

并且在两人开诚布公之后,反而有了一种别样的默契。有时只需要一个眼神,他们就能够知道彼此心里在想些什么,然后制造话题,互蹭镜头。

沈知想,所谓的臭味相投,应该就是他和顾裴识这么个投法吧。两个人都不是什么好东西,活该一辈子做朋友,谁也别去外头祸害别人。

什么地方都挺好的,可惜就是榜单名次没什么大动静。顾裴识依旧顽固地霸占着沈知敌人榜第二名的位置。不为什么,习惯了。

不过沈知的敌人排行榜还是有了新的变化,榜单里出现了第三名敌人,而敌人的ID,叫沈知。

至于原因,是因为成团夜出道位的名单里,有沈知,却没有顾裴识。

▸ 14 ◂

这不对劲,出道名单里没有他是常理之中,没有顾裴识就太说不过去了,更何况这次的名单里还有他!

沈知回想这段时间的点点滴滴,互相扯破伪善的面具之后,他没有做任何破坏顾裴识形象的小动作。并且在节目组返还手机给家人拨打电话的间隙,他悄悄在网络上看过顾裴识的数据,无论依靠着人气还是公司暗捧的加持,成团出道位都少不了顾裴识的一份。

但是出道名单里偏偏没有顾裴识。

没有就是没有,就算沈知再不服气也是没有。他压制住一肚子的火,找到顾裴识,把人拽到角落里:"怎么回事,说好的皇族,说好的公司力捧呢,搞什么?卡位第十一名算什么啊,这不就和我当年一个样吗！半个月之前我偷摸着用手机看的时候你数据还在前五的，疯了吧这个节目组，这样搞真的不会被粉丝告欺诈吗？"

顾裴识其实在成团夜前两天就知道自己并不能出道成团，所谓的公司力捧都是假的。戴双麦、个人摄像，都是为了掩盖真皇族的幌子罢了。所有的一切只是为了让他转移公众视线，吸引火力，就像当初吸引到沈知的攻击一般。

公司里的人估计也没能料到，第二次公演后，他在没有公司帮助的情况下一路好运气地走到决赛，还拥有了漂亮的数据和人气。不过这些都没能成为公司愿意给他一个出道位的理由，遗憾是有的，他不能实现沈知的愿望了。

他扯了扯嘴角，摆出好看的笑脸："你上次也卡位十一？你十一，我十一，那我们这算是双十一？"

沈知听完被气笑了，顾裴识的脑回路像是被人打了一拳，他抬腿踢了顾裴识一脚："这种时候了你还贫？"

"总算是笑了。"顾裴识躲了躲，接着十分虚情假意地叹了一口气，"让你开心真的好难，别气了，是我没出道又不是你没出道，你急什么。而且我发现了，出道什么的不重要，还是和你一起玩更有意思。下岛之后带你去我家玩，请你把好吃的吃个遍。"

顾裴识看起来似乎是真的不在意因为被人偷了位置而没能出道，沈知稍稍放下心，很快把注意力转移到出去玩上面："真的？"

顾裴识点点头，郑重其事地答道："真的，你只要人过来就行，其他的我来解决。"

▸ 15 ◂

排位发布后有一个结束舞台，选手们合唱《致青春》的曲子。

少年们一边唱着歌,一边流着眼泪。

沈知站在顾裴识的左边,他没哭,只觉得鼻子酸得不行,情绪一上来,又开始担心起顾裴识。

虽然说顾裴识表面上看着无事发生,但他总归是第一次经历这种事情,保不准脸上笑嘻嘻,心里还在难受。他想了想,像初舞台顾裴识撞他那样,用手肘撞了撞顾裴识的胳膊,微微侧头和顾裴识说悄悄话:"要不,下岛之后我们两个一起组一个团吧,就两个人。"

顾裴识把头靠过去,小声回道:"可以啊,不过你想好叫什么名字了吗?"

沈知:"想好了,叫知识分子。"

顾裴识:"奇奇怪怪的。"

沈知当场炸了毛:"哪里奇怪了!"

"就是很奇怪,"顾裴识用着极度正经的语气和严肃的表情,"按照不成文的规则来说,我们的组合应该叫识知分子才对。"

沈知笑了笑,低声骂道:"滚啊,少占我便宜。"

两个人嘻嘻哈哈的,在所有人的眼皮子底下闹了一通。

顾裴识先一步冷静了下来,小声说道:"沈知,你好像忘了一件事情。"

沈知疑惑:"什么事?"

顾裴识指了指在出道名单上的选手:"你不和他们成团了吗?"

沈知"啊"了一声,歪头冲着顾裴识狡黠地眨眨眼:"他们已经有很多人选了,我想选你。"

迷野/Text

一步之遥

沉默寡言天才弟弟 × 坚韧敏感邻家哥哥

一步之遥

Text
▼
迷野

▸ 假文青真怪人，人间迷惑认证。

2006 年的时候，我妈成了城中村居委会的一员。

那时我才知道，在我家隔壁楼的相同房间，住着一个家境比我还穷的小孩，他叫白南。

城中村的楼房，就好像攀附生长的藤蔓，楼与楼之间几乎没有间距，我从这栋楼的窗户伸出手就能够到另一栋楼的墙面，因此这里的人把这儿叫作牵手楼。

可即使距离这么近，我们和邻居也不太认识，所以在此之前我从来都不知道白南这个人。听我妈说，他没有父母，只有爷爷，爷孙俩的生活就靠着爷爷那点微薄的退休金。

我家里也不富裕，我爸之前在工地伤了腿，现在每天跛着腿推着车到学校门口卖烤串，和我妈一起。自从我妈谋到了居委会这份白天的正式工作，我便多了一项任务，就是每天我妈做完晚饭后，我要提着饭盒到隔壁楼去给白南一家送饭。

我妈做的饭寒酸，只有稀饭和馒头。她不让我吃串，多吃一串她就少赚一串的钱。给白南送饭还是因为她心软，觉得那孩子可怜，而且稀饭也算不上多贵重的吃食。

那会儿我正上小学，白南比我小个四五岁，但看起来却完全没有孩子的稚气。

听见敲门声，他会谨慎地问一句："谁啊？"

我说："我。隔壁楼的。"

他便把门打开一个窄口，刚好露出脑袋，我把饭盒递给他，他接过，然后关上门。

我时常觉得，这小孩不太懂礼貌，连句"谢谢"都不会说。

在一个暑假，有天我妈买完菜回来穿串，对我说："我们居委会给白南找了个学上，一学期七十多块钱的学费，他爷爷同意了。你一会儿没事把你之前的课本给他送去，反正你也不看。"

我顶嘴："谁说我不看了？"

我妈瞪我一眼，说："别搁这儿瞎犟，他多大你多大？你也是，一点爱心都没有，多去帮帮那小孩儿，人家小小年纪还要照顾爷爷，你呢？你帮过我和你爸吗？"

我不满地噘嘴，看着我妈占着我的床位在茶几上给肉裹上一层厚厚的面芡。沙发就是我的床，把被子抱进房里就是沙发，抱出来就是床。在此之前，我一直和父母挤在一张床上睡。因为家里只有一个小卧室，稍微长大了之后，我总觉得和家人一起睡很硌硬，便自觉地搬到沙发上，因此总是睡不好，每天都觉得浑身酸疼。

后来，我还是胳膊拧不过大腿，搬着之前几年的课本去了白南家。

他好像从来不会出去玩，每次我找他他都在家。

他看着我手里的书，沉默了一会儿，忽然问："你要进来坐会儿吗？"

这是他第一次邀请我去他家坐坐，我答应了。

他家和我家别无二致，又小又破，我坐在沙发上，看他局促地给我倒水。

我仗着比他大，学着大人的口气问："认字吗？"

他把水放在我面前，说："认，爷爷教过。"

我指了指那一沓课本，说："快上学了，提前预习预习。"

他点头不语。

我忽然觉得，在某种程度上，他确实挺乖的。

在这之后，便是漫长的沉默，他让我感觉到一点一点蔓延开来的尴尬，我正想着离开的措辞，他忽然问："你叫什么来着？爷爷提过一次，我没听清。"

我说："林琛，王字旁的琛。"

他点点头，很认真地重复了一遍我的名字。

我们认识得很早，但并不熟稔，可能是因为他在我眼里不过是个小屁孩。

让我意外的是，初一开学的那天，我碰到了他。

班主任满脸骄傲地介绍说，他是个天才，小学连跳了好几级，现在是我们的同班同学。

这让我有些慌乱，一直在座位上埋着头，祈求他不要看见我。

我不想让班里的同学知道我住在牵手楼，父母是摆摊卖串的。因贫穷感到的羞耻让我有些恼怒白南的到来，我想让他赶紧离开。

也许是白南猜到了什么，他并没有和我打招呼，甚至做出一副不认识我的样子，安安静静地等着班主任排座位。他年龄小个子矮，因此坐第一排。

我在第四排，每次我看着他挺直的脊背和乌黑的后脑勺便总觉得羞愧。我妈听说他和我一个班之后总叮嘱我要照顾他，可我不敢，我怕太熟了之后他会把我的家庭情况说出去。虽然我并不害怕别人的嘲讽和欺负，但我妈总说人穷会被人看不起，让我能瞒就瞒。

我念小学的时候，出校门看见摆摊的爸爸，他都会用陌生人的口气跟我说话。他们说自己没本事，但希望我一定要合群，普普通通地长大，不要因为贫穷而被人指指点点。

我的合群和中庸让我安全，可白南却不一样。

他一进班里便顶着天才的名号，每次考试只要不是满分都会被老师叫去谈心。这种人在我们这个鱼龙混杂的班级里格格不入。他不爱说话更不爱笑，虽然是个小豆丁却并不被大家喜爱。他的眼里有属于天才的傲慢和不屑，那种神情会让正值青春热血的男生们觉得被冒犯。

于是，欺负他成了班上男孩之间的一种默契。

一开始只是像逗他玩一样，在他路过讲台的时候，有人手欠地拨弄一下他的头发，或是在他写题的时候，有人将他手里的笔抽走，老师让他上讲台解难题的时候，大家发出起哄声……

事情严重起来是因为一个女孩，夏雪宜。

那个年代还没有"女神"这个词，但她是我们公认的女神，漂亮、热情、落落大方。

我不知道她是想为白南解围还是故意向他示好，但结果都是弄巧成拙。

那是一个夏天的下午，天气很热，所有人都被闷闷的天气搞得昏昏欲睡。这时夏雪宜忽然站起身，走到白南的桌边，轻声问他："你能帮我讲下这道题吗？"

她的声音很小，但几乎全班人都醒了。

白南没什么特别的反应，没有闪躲、没有受宠若惊，他始终保持着一种孩子不该有的淡漠态度来应对一切。

题讲完，夏雪宜笑着说："谢谢，你真聪明。"

那一刻，我敏感地察觉到班里那些男孩的厌恶感在逐渐加深。

一次体育课之后，我进到教室，看见白南的书桌横躺在讲台上，书本散落一地，有的上面被踩了脚印，有的上面还有污水的痕迹。

围观者围了一圈，始作俑者却逃之夭夭。

白南进来，挤过围观的人群，从我身边走过，他带着一股蛮横的冲劲撞到我的手臂。我不知道他是不是故意的，也许他心里会怪我。

我看着他神情冷漠地把课桌扶起来，然后把书一本一本捡起来。他好像有强迫症一样，把书的边角都用手按压平整，脏了的那几页被他整整齐齐地撕下来，揉成纸团扔进了垃圾桶，剩下的书页上一点毛边都没有。

他其实根本不需要课本，书里的内容全都刻在了他的脑子里，他所做的这一切不过是在维护自己内心的秩序，或者说，在维护知识的尊严。

我还是没有帮他，虽然我的内心一直在挣扎。

本来这件事就这么结束了，可夏雪宜进来，看到这一幕便生气地说："这谁干的？太过分了吧！"

她的声音就像平地一声惊雷,在安静的教室里炸响。

我本想阻拦她,可她挣脱了我的手,上去帮着白南一起将地上的书本捡起。

也许是我懦弱地在为自己的不帮忙找借口,但我总觉得夏雪宜不该掺和进去,本来那些男生幼稚的愤怒都该消了,可她却在火上浇了一把油。

上课的时候,班主任怒气冲冲地把干坏事的同学叫了出去,代课老师进来,教室外时不时传来班主任的教训声。可我看着白南笔挺的脊背,却悲哀地想着他之后的日子只会更加难熬。

那些男孩不会怪罪去告状的夏雪宜,他们只会把气撒在白南身上。

我看着瘦小的白南,心里挣扎着到底要不要和他站在一起,还是继续做一个合群的庸人。可能是我看他的时间太久,他忽然回头和我对视了一眼,然后很快又转过头去。

我没在他眼中看到一丝委屈,他好像完全不在意这些小打小闹。我不知道我在天才的眼里会是一个什么形象,也许极其卑劣。那一瞬间,我只觉得恍惚。

初中,男生们都开始骑车上下学,放学之后的固定项目就是在车棚里炫耀自己的坐骑。

我买不起一辆自行车,只能撒谎说:"没事,你们先走,我家离得近。"

其实一点都不近,学校附近的房子都很贵,我家根本买不起。

但我每次步行的时候,总能在某一个转角处看见白南,然后我会放缓速度，一路默默地跟着。他个子矮，走路也特别慢。那个时候我根本没想过，也许他是故意等我跟上。

我不好意思上前和他搭话，在学校里的种种都让我没脸见他，我能做的只有目送他上楼，然后再自己回家。

我妈时常叮嘱我："你多和白南玩，他是天才，你多问问他学习上的事，你也就变聪明了。"

我不忍心告诉她，智商是基因决定的，和玩伴没有关系。

我还是会给白南家送饭，但现在每次我都是把饭盒放在门口，敲三声门后就躲在楼梯拐角处，然后偷偷看着他把饭拿进去。我每天中午都会少吃一点，然后省下五毛钱，买两根棒棒糖，放在饭盒上面一起给他，算是我在学校无动于衷的赔礼，但我清楚，这根本不能解决问题。

我故意躲他，因为我怕他会质问我——为什么在学校不帮帮他。

我不帮他，却总有人会帮他。

在那之后，我经常能看见夏雪宜坐在他旁边的座位上和他一起写作业，因为气氛过于严肃导致场面有些违和。

然后班里那些嘴欠的男生就开始无差别攻击："哟，天才，你妈又陪着你写作业呢？"

白南选择无视，可夏雪宜却会狠狠瞪回去，说："再胡说我就去告诉老师！"

那些男生便会忘记自己或多或少喜欢夏雪宜的事，恶毒地说："除了告诉老师你还会干什么，奶妈？"

其他的男生会一同猥琐地笑起来，好像"奶妈"是个什么不得了的早熟秘密。

让我感动的是，夏雪宜从来不会因为这些带着恶意的称呼哭泣，她像个战士一样一直陪在白南身边，和他一同抵挡着外来的不怀好意。

我承认，我羡慕她的勇敢。

可有些时候，连夏雪宜也无能为力。

那是在一个寒假放假的前夕。体育课上男女分开活动，男生跳远的时候不知道是哪里伸出的黑手推了白南一把，他还没跳便直直摔进沙坑里，引来一阵哄笑。体育老师正给女生讲课，不知道这边发生了什么，白南彻底落入了孤立无援的境地。

所有人都在等着他灰溜溜地爬起来，然后继续施加嘲讽。

那时候，我感觉周围的风都静止了。

我握紧了拳头，可脚却像是注了铅，无数个记忆碎片在我脑中不断闪回：他即使知道自己处境艰难，却从来没有找我求助；他甚至和我偶遇时都会主动回避视线；他从来没跟任何一个人说过他认识我，包括夏雪宜……

他主动推开了我，却是在用他自己的方式保护着我。

那一瞬间，我好像理解了为什么白南总是把背挺得那么直。

可我呢？就这么白白承接着他的好意吗？

他始终没有站起身。

有人嘲讽说："起来啊天才！在这儿装可怜给谁看呢？"

说着，那个人还要抬腿踢向沙坑。

那一瞬间我忘记了自己要合群的要求，压抑愤怒的那根弦忽然就断了。我自己还未反应过来，拳头便已经砸向那人的脸。

那人捂着自己的鼻子，不可置信地对我说："林琛，你有病啊？"

我的手有点疼，在他们回过神来针对我之前，我赶紧看向那个趴在沙坑里起不来的身影。我的心不安地咯噔一下，我以为他哭了，一个天才面对野蛮人的攻击也会觉得无能为力，更何况他比我们小那么多岁，我冲进沙坑把他扶起来。

他整个人很软，像是没有力气一样。我用手拨开他脸上的沙粒，却没见任何湿润的痕迹。我帮他吹了吹眼睛周围，可他没能睁开眼睛。

我急切地问他："你怎么了？"

他的声音很小，却仍是冷静地说："眼睛疼。"

那是我第一次深刻感觉到自己之前的无所作为有多么恶毒，我回头瞪了一眼平常带头欺负他的那几个人，他们的脸上也显露出了慌乱。

我对身边的一个同学说："帮把手，把他扶到我背上。"

我背起白南，看着朝我们这边跑来的体育老师，说："得去一趟医务室。"

在医务室只做了基础的清理，我又陪他去了一趟医院。一路上我都握着他的手，那时我才发现他的手比我的要小一个指节。我忽然意识到，他虽然和我同班，可不过是个八岁的小孩。我为什么会为了合群而自私地漠视他被别人欺负？我妈也一直叮嘱我要照顾他，可我都做了什么？我无比后悔将他一个人抛下，让他独自去承担那些恶意和伤害。

医生说他的眼角膜有些轻微擦伤，给他配了抗炎修复的眼药水，滴上两天就能好。

医药费是体育老师垫付的，还好没有大事，我的手却止不住地在抖。

他的脸上戴着遮光的墨镜，像个盲人似的，但他却在安慰我："没事，好多了。"

我低着头，忍着眼眶里的泪滴，对他说："对不起。"

他沉默了好久，直到体育老师把药取回来时才说："还是把你牵扯进来了。"

因为那句话,我自责了好几个晚上。

我把他小心地扶回家,爷爷问我发生了什么事,白南淡淡地回答:"没啥,我不小心撞了眼睛。"

我回家拿饭,再去到他家时,爷爷竟然在走廊上站着等我,他问:"南南在学校里是不是受欺负了?"

我一时哽住,但很快解释说:"没有,有我在,他不会被欺负的。"

爷爷这才松了口气,很真诚地说:"谢谢你,南南能认识你真好。"

我低下头,觉得自惭形秽。也是从那时起,我便打定了主意,比起合群,我更想保护一个重要的人。

白南的眼睛不能见光,帮他滴眼药水的时候,我问:"你明天还去吗?还是休息一天?"

他说:"不去了,眼睛好了再上学。"

我把眼药水的盖子盖起来,对他说:"行,以后我和你一起上学。"

眼药水挤多了,从他的眼角滑下,像眼泪一样。他没有说话,过了好一会儿才点了点头。看着他苍白的脸,我心里油然而生一股当哥的责任感。

听说在我们去医院之后,这事被通报到了校方领导那边。因为白南是难得一见的天才儿童,他们极为重视此次恶性事件,不仅补偿了所有医疗费,还赔了一千块钱的精神损失费。在那个年代,一千元不算是个小数目。

但这事始终没能查出凶手,学校只给了欺负白南的惯犯们通报批评的处分。

这种处罚不痛不痒,也不会记入档案。我猜想,校方是怕学生家长联合闹事。

在那之后，没人敢对白南动手动脚，但我和夏雪宜连带着被孤立起来。除了遭受些冷眼，其实也挺舒服的，安安静静没人打扰。

夏雪宜也因为这事注意起我，后来，我们三个成了好朋友。

寒假一放就是过年，我妈让我把白南和他爷爷接到家里一起吃年夜饭。

那年的春晚小品，小沈阳穿着苏格兰裙说："人这一生其实可短暂了，有时一想，跟睡觉是一样一样的：眼睛一闭，一睁，一天过去了；眼睛一闭，不睁，这辈子就过去了。"

几个大人被逗得捧腹大笑，可我和白南却在他们的笑声里，默契地相视一笑。

至少那一刻，我觉得自己理解过他。我们也许不是一类人，但我们都曾被生活逼着长大。

那天晚上，我们一起放了烟花，我玩的都是二踢脚。每次我点燃引芯之后都要做个假动作吓唬一下白南，他也不躲闪，好像知道我不会把炮仗扔向他那边一样。

他看向烟火的眼神很亮，我也从来没在他脸上看到过那样的笑容，真正喜悦的笑容，像个小孩一样。

我确定，即使我被连带着孤立，也是做了个正确的选择。

再开学的时候，班里不知为何传起谣言说我喜欢夏雪宜，说我带白南去医院也是为了讨好她。我和夏雪宜谁都没有回应这个谣言，但风声却没有停止，好像在那个年纪，谁喜欢谁，谁不喜欢谁是件天大的事一样。每次朗读课文，只要我和夏雪宜同时站起来，班上就会有起哄的声音响起；或是夏雪宜生气自己被揪头发了，便有男生对她说："找你男朋友去啊！"

他们的把戏无非就那么几种，曾经用在白南的身上，如今用在我和夏雪宜身上。

这事没人制止便愈演愈烈，最后班主任终于来找我谈话。

他问我："你早恋了？"

我说："真没有，老师。"

他语重心长地说："那就行。老师实话告诉你，你成绩不错，虽然有波动，但也总在前五名。白南很快就走了，到时候你努点力争取得第一，高中是能减免学费的。"

我根本没用心听他说的好处，意外地问："白南要走了？"

他说："对，省里有个特招班，里面全是像他这种天才，只要他考试考过了，就直接去那儿念书。"

我心里有一种说不上来的难受，不是嫉妒，只是觉得人和人的差距好像天生就注定了。天才即使不小心掉进平凡的人间，他也仍是天才，而我即使再努力也只能看着他离我越来越远。他会越来越好，我也要回到自己的生活，然后我们的交集便要中断。我的心跳忽然漏了一拍，我不知道这意味着什么。

我谢过班主任，觉得心里闷闷的有什么堵得慌。

之后是一节自习课，我没回教室，而是去了操场，蹲在角落里盯着空无一人的跑道发呆。

夏雪宜来找我，她的手里拿了瓶新买的饮料。

我抬头看她一眼，接过饮料喝了一口，说："谢谢。"

她说："刚才班主任也找我了。"

我问："他也和你说，让你考第一了？"

她笑得很爽朗，说："嗯，班主任就是得激励咱们嘛，但我知道，我成绩没你好。"

我说:"回去吧,写会儿题。"

我和她一起出现在教室门口的时候,有人吹了声口哨,我不禁看向白南,但他却始终没抬过头,一直沉浸在自己的世界里。我回到自己的座位上,心里是无法言说的失望。

特招班的考试,一共有七十二个天才小孩参加,白南排第六。

我们才和平相处了半个学期,他就要去别的地方上学了。

但直到他走,我俩谁都没提起这事。

爷爷年纪大了,我帮着白南把行李从楼上提到楼下,那行李很重,得两只手提。

他还是没说谢谢。

一以贯之的没有礼貌。

但我衷心希望,在那个都是天才的班级里,他可以自在地学习,不要再被欺负。

他的假期后来都被各种竞赛占满,在那之后我很少能见到他,但我和夏雪宜的关系却越来越好,没有暧昧的,关系很好。

升高中的时候,我考了第一,被减免了学费。最重要的是,我去了特招班所在的学校,那是全省最好的高中。

我妈为此都高兴疯了,逢人就夸我争气,但私下里她却说这是因为我时常和白南一起玩,被带聪明了。我没有否认,也没有承认。

夏雪宜和我还是一个班,因为她家里人买了那边的学区房。

班里除了她,没有一个老同学。这是件幸运的事,好像新生活的大门在朝我敞开。

有时候去食堂吃饭,我们能碰见白南,但次数很少。

他没有我想象中开心,脸上经常挂着疲倦的表情。

夏雪宜如果看见他,便会兴奋地拉我过去,和他一起吃,但不知道为什么,他看见我们,脸色就会更差。

夏雪宜会好奇地问他很多问题,像是对天才这个群体充满兴趣。

他回答得很敷衍。

我插嘴问:"很累吗?"

他看了我一眼,点点头,说了声:"嗯。"

我说:"累了就休息吧。"

他忽然低着头轻笑了一声,我没察觉出来那笑声里蕴含的情绪是什么,只觉得好像我看不懂他了。这应该很合理,普通人和天才之间的差距理应是越来越大的。

可能是见我一直扒拉饭没再说话,他又补充了一句:"知道了。"

从食堂回去的路上,只有我和夏雪宜两个人,她忽然问我:"你觉不觉得白南变帅了?"

"啊?"我并没有注意到他身上的变化。

夏雪宜说:"真的!他长开了。"

我问:"那你觉得我变帅了没?"

夏雪宜翻了个白眼,快步往教室走去。

我将开玩笑的表情收敛起来,回头看了一眼,却惊讶地发现,本来应该和我们分道扬镳的白南还站在食堂门口看着我们。见我突然回头,他冲我挥了挥手,才转身离开。

我发现,他真的长开了。

这所高中的学习节奏很快,高一下学期就要开始分文理科。

我想学文，但这所学校是个典型的重理轻文的高中，父母和老师都建议我选理科，他们觉得无非就是再努把力。可有些结果不是说努力就能努力成功的，但他们还是用未来的就业情况逼着我选报理科。我妈甚至都当着我的面哭了出来，她说家里没有那么多钱供我一直念书，学文的话成本太大。

后来我选了理科，留在原班。

其实班里的人员几乎没有变动，大家都默契地觉得自己是个学理工科的料子。

在那之后，我的成绩瞬间掉了下去。

压力肯定是有的，我妈每次来看我都会给我带一大塑料袋的核桃，她说："白南不是和你一个学校吗？让他辅导辅导你？"

我每次都敷衍过去，知道自己不可能会去麻烦白南。

他所思考的问题应该不会是高中生写的这种简单的教材题目，让他辅导简直是大材小用。

高一期末考试之前有一次月考，那次成绩我的语文和英语单科都在年级前三，但加上理综我就掉到了四百多名，这还是我有所进步的结果。

随着成绩而来的，还有从特招班下来的白南。

和初中的情形一模一样，他跟在班主任的身后走进教室，只是这次他的光环不再。

班主任说："这是白南，是特招班……"

话还没说完，他便打断道："从特招班淘汰下来的。"

他不再是当年那个小豆丁，如今的他已经长成了挺秀凛凛的少年，眼神孤傲，带着天才特有的冷漠气质。

同学们开始窃窃私语，他们一早便听说过特招班里的那些天才，好像他们都该是电视剧里性情古怪、痴迷研究不爱说话的怪咖的样子，而不是眼前这个少年。

越过班里众多同学，我和夏雪宜对视了一眼，然后在彼此的眼睛里看到了相同的惊讶。我再抬眼，发现白南一直盯着我看。

班主任要给他安排座位，他直接说："我坐最后一排。"

他坐在最后一排，单人单座，浑身散发着生人勿近的疏离气场。

夏雪宜一下课便跑到他身边，惊喜地问他："你怎么到这个班了？"

他淡淡地说："刚不是说了，淘汰下来的。"

夏雪宜却说："得了吧，我才不信，即使你被淘汰，也该去高三，而不是高一。"

后面的声音传到我的耳朵里，我没去找他，而是直接去了班主任办公室，问："老师，白南为什么到咱们班来？"

他说："体验生活来了。"

我疑惑地问："什么？"

班主任说："特招班老师说他本来应该被直录到名校预录班，但最后一项心理测试他交了白卷，说是年龄太小不想上大学，要再体验一下普通高中的生活。"

我对这个答案目瞪口呆，班主任忽然问我："你和夏雪宜以前和他一个学校的？"

我说："嗯，同班同学。"

他说："噢，怪不得，他指定要来咱们班。"

我刚准备走，班主任对我说："你私下里把这事给咱班同学传播一下，别真觉得人家是被淘汰下来的，丢咱班的人。"

我点点头，可心里却有些叹息。特招班的那些孩子不仅不用交学费,每次出去参加个比赛都有奖金拿,甚至大学抢人还要额外发奖学金,所以白南才敢这么肆无忌惮地胡闹。可反观我,普通到连选个文理科都要考虑家庭负担。

我回到自己的座位上,拿出一份物理卷子开始死磕,身后忽然传来一声:"林琛。"

尽管很久不见,我仍能清楚地分辨出白南的声音,但我没回头。

过了一会儿,后桌拍拍我的肩,我侧过身看他,他递了张纸条给我,说:"天才给你的。"

上面的字写得龙飞凤舞,并不好看:这周末一起回去吧,我好久没看爷爷了。

我转过头看他,他已经趴在桌子上睡了,没有丝毫询问我意见的意思。

我叹了口气,把班主任给我说的内幕消息告诉了同桌,散播真相要从同桌开始。

周末,我和白南一起坐长途汽车回去。行程很长,路又颠簸。

在车上,我还是习惯性地把他当小孩,帮他和司机说好话,把他安排到前排靠窗的座位,帮他放好背包,又拿出围巾给他垫在脖子后面。

我说:"我拿晕车药和口香糖了,你要晕车的话跟我说一声。"

他一直在笑,什么话都没说。

我这才想起,他来这边已经三年了,我不过才一年,谁比谁经验丰富还不一定呢。

等车发动起来后,他才轻声问:"你知道高铁吗?"

"嗯。"

他说:"几年之后我们再回家就可以坐高铁了。"

"嗯。"

沉默了一会儿,他忽然问:"你好像对我去你们班不太高兴?"

我靠在椅背上,空气里蒸腾着的汗味、汽油味和其他臭味混合起来的诡异味道让我不愿张口。

他把窗户开了一条缝,冷风吹进,我好受多了。

我问他:"是我妈让你来的?"

他说:"不是。夏雪宜跟我说的,她说你分文理科之后成绩就不太好,心情很差。"

"你和夏雪宜私下联系很多?"

"没,你不是没手机吗,我来这边之后买了个手机,也没人聊,偶尔和她聊两句。"

我不再说话。班里爆发过一阵手机热潮,他们每天就问别人的手机号来扩充自己的联系人名单,每每问到我,我说自己没手机,有人还觉得我不好相处。

以前白南话很少,基本是我问一句他答一句,可现在好像反过来了,他像个求表扬的小孩似的给我讲他在机器人大赛里得了金奖的事,他说自己和特招班的其他同学研究人脸识别技术,然后应用到机器人模型里。

只是他越说我越自卑,他口中好多专业术语我连听都没听过。就这短短一路,我便意识到我和他之间的距离远比我想象中还要大。

他问:"我厉害吗?"

我诚恳地说:"厉害。"

但再无后话。

他说："我可以给你讲题。"

"不用。"

我遇到问题可以去问老师，去问同学，可唯独不想问他。

也许是我的拒绝太过果断，他之后再没找我说过一句话。一直到下车的时候，我帮他把背包取下来，下了车之后他才叫住我："林琛。"

我转身看他，他手里还拿着我的围巾，表情认真地对我说："你不是告诉我累了的话就休息吗？我就想休息一年。"

我不知道该怎么接话，指着公交站牌说："嗯，回家吧。"

他又轻轻笑了起来，走到我身边把围巾递还给我。那是我第一次发现，他瘦削的脸上轮廓很立体，如果再长大一些，应该和夏雪宜说的一样是个帅哥。

我冲他开了句玩笑："以后你用脑过度会不会掉头发？"

他揉了揉自己脑袋上茂密的头发，很认真地说："应该不会吧。"

我被他正经的样子逗笑，他忽然问我："你是不是喜欢夏雪宜？"

刚巧我们要乘坐的那班车停下，车胎摩擦发出"嗞"的一声。

我问："什么？"

他摇着头说："没事，上车吧。"

其实他问的问题我听到了，只是我没回答，他也没再问。

少年隐秘的心事藏匿在摇晃的车厢里，随着拥挤的人群不小心碰触到的手臂，闪避开对方温热的皮肤，刻意又自然。

下车后，我们像初中时那半个学期一样，一起走过同一条街巷，回到牵手楼。我仍走在他身后，仅有一步之遥的地方，不紧不慢地跟着。

他忽然偏头问我："你会骑自行车吗？"

094

"会。"

他说:"那你教我骑自行车吧!"

"好。"

但我和他都没有自行车,如果要学,就得借。牵手楼里有自行车的大多是些老大爷,他们的自行车是上了年纪的那种,座很高,二八杠。一开始就用这种,可能很难学会。

我到家时家里没人。我拿出理综卷子摆在茶几上,却迟迟没能看进去。这次月考过后,我问历史老师要了张文综的试卷,这会儿我干脆把它从书包的夹层里抽了出来,前后一扫,感觉能答个七七八八。

下班时间,听见门响的我像做贼一样赶紧把文综试卷塞进书包里,一抬头便看见我妈惊喜的笑脸:"儿子,你回来啦!"

我点了点头,站起身说:"妈,你要去给我爸送串吗?我帮你。"

我妈说:"不用不用,你好好学习,案上有中午剩的菜,你热热自己吃了。"

我说:"没事,歇歇,换换脑子。"

我妈笑着说:"行,长大了,懂事了。"

我左右手各提了一大塑料袋串好的串,和我妈一起下楼。在楼下我们碰见了白南,我妈看见他就高兴地喊:"小天才也回来啦!"

白南礼貌地笑笑,走到我身边提走了我左手的塑料袋,说:"我帮你们吧。"

他和我妈并肩走着,我又退了一步,在他们的身后不快不慢地跟着。

我爸见了我们也很高兴，因为我不在这里上学了，他也不需要和我假扮陌生人。他拿了炸好的串递过来，我很少能吃到他炸的串，这次是因为沾了白南的光。

我用手上的鱼豆腐换走了白南手里的香菜牛肉，我妈说我："你多大了，怎么还跟弟弟抢食呢？"

白南却笑着看我。

我知道，他不吃香菜。

我和他先行回去，到牵手楼下，我看着他上了楼，进到有光亮的那一家，也许会和爷爷聊聊天。我坐在楼下的马路牙子上，抬头一直看着他家亮起的窗户。

我耳边的蚊虫嗡嗡作响，但我皮厚，懒得挪窝。

很多年后我才知道，处在青春期的孩子最容易感到忧郁。我一边喂着蚊子，一边矫情地想：如果白南去北京上大学，我学文能不能也拼到北京去？

不知为何，我的脑海里一直闪过初中时他被欺负的那些画面。班里的男生以为他傲气，可我知道，他不过是个单纯木讷的孩子，腼腆，不会说话。他和我一样，在牵手楼这种贫寒的地方生活，心里怎么会有底气去轻视别人？我们就像是在砖块夹缝里野蛮生长的杂草，除了朝着太阳的方向使劲够，什么都做不了。

快到半夜的时候，父母推着车回来。我妈看见我坐在楼下，惊讶地问："你咋坐这儿，没拿钥匙？"

我站起身，跟在他们身后上楼。进门后，跛脚的爸爸开口问："咋了，有啥事，你说吧。"

我爸很少和我交流，但他竟然能第一时间发觉我的欲言又止。

我说："现在还来得及转班，我想学文。"

我爸坐在沙发上,神情特别严肃。我妈的眼眶又红了,她低着头靠墙站着,不敢看我。

仿佛一个世纪过去了,我爸才开口说:"学!爸这腿伤的官司快打赢了,到时候赔偿金就给你上学。"

那一刻,我觉得自己特别像这个家的罪人,自私地让家人为我付出一切。我跪下,认真地冲他们磕了个头。

第二天一大早,我问楼下的爷爷借了辆自行车。

白南坐上去,脚尖刚能够到脚踏板。其实我和他的情况差不多,每次骑的时候,踏板在最底下时就让脚悬空,等它转上来时再重新踩住。但这骑法太危险,我教给白南另一招"掏裆式",就是从杠下把腿伸过去骑,这样骑身子是斜的,很考验平衡。

我帮忙扶住车头,让白南先找准位置。他一脸不情愿地抱怨:"这姿势也太丑了。"

我说:"那也得练。"

他虽然脑袋聪明,但运动方面却属实不大灵光。我陪他练了三个小时,还是只要我一松手,他立马就摔。他灰头土脸地给我看手臂和小腿上的淤青,我没忍住笑出了声,冲他说:"你真的很笨。"

但下午要赶车回学校,没时间让他继续练习。

他在车上不服输地发誓,他回学校一定要练会骑自行车。

我说:"你又不用上课,想练就练吧。"

"那不行,我得听一下你们老师怎么讲的课,才能知道用啥解法给你讲题。"

"白南。"

"嗯？"

"你不欠我的。"

他脸上喜悦的表情瞬间僵住。我没告诉过他，其实他严肃起来的时候有点吓人，却让他看起来更像一个天才。

他生我的气了，回学校的路上一句话都没跟我说。

我找班主任说了我的想法，他仍是坚持让我学理，再三拒绝他的劝说之后，他答应高二一开学就让我转进文科班。这件事我没告诉任何人，包括白南和夏雪宜。

白南一上课就在闭目养神，但手里还不停地转着笔，没有一个老师指责他，有时甚至会让他帮忙监督我们自习。夏雪宜很喜欢问他题，一下课就拿着卷子跑到他桌边，指着其中某道题笑靥如花。没有男生会不喜欢夏雪宜这样的女孩，白南也不例外。

他给别人讲题的时候，扫一眼题便直接报出最终答案，从来不解释过程。唯独夏雪宜问，他才会一步一步告诉她如何推导。

我推开手边的理综题，破罐子破摔一般地拿着历史读物在看。

自从白南到班里之后，夏雪宜就很少来找我，加上我人缘也不算好，于是能得到好些清净。

但我这种行径像是惹得某人不高兴了。白南从我手里抢走书，脸色黑得吓人，他狠狠地瞪着我像是我犯下了什么弥天大错。

我说："还给我。"

白南攥紧拳头，满脸的倔强。

"那送你了。"我起身走向教室外面，身后传来一声恼怒的低喝："林琛！"

班里的同学都在围观我们，开始窃窃私语。

白南拉住我的手腕把我往外面带，到了无人的角落，他压抑着怒火,问:"你什么意思?"

我看着他,很认真地对他说:"你回去吧。参加考试,念大学。"

白南咬着牙,难以置信地看着我。

我说:"我是给你送了八年的饭,但这不代表什么。每个地方都有心软的人,你运气好,以后肯定也能遇到。你以为牵手楼是个什么好地方吗?你不知道爷爷年纪已经大了?你根本耗不起这个时间。你是天才,有了特权,能早点离开那个破地方就赶紧离开,快点逃出去,去北京好好生活,虽然年纪小,但也该懂事了。"

白南皱着眉头看我,眼眶泛红,我知道他听懂了我的意思,因为他的脸上又出现了让我琢磨不透的表情。

他问:"那你呢?"

我说:"我想离开这里,逃出牵手楼,逃出城中村,但这要看我的运气,你帮不了我,我们谁都帮不了谁。"

他脸上的神情慢慢变得冷酷,然后对我说:"林琛,我好像从来没认识过你。"

我看着他大步走下楼梯,特别想扇自己一巴掌。

一直在远处观望形势的夏雪宜小跑过来,关心地问:"怎么了啊?你们吵架了?"

我"嗯"了一声,绕过她往教室走去。她却跟在我身边,不停地问:"你们没事吧?为什么吵架啊?"

我心烦,没理她。

一直到放学,白南都没再出现。夏雪宜热心地想帮我们缓和关系,悄悄找我说:"马上快放暑假了,我生日就是那会儿,到时候我请你们吃饭吧,肯德基怎么样?"

我说:"我没吃过肯德基。"

她像是没听清，问了句："什么？"

我重复了一遍："我说我没吃过肯德基。"

班里正在收拾书包的同学都停下，看了我一眼，然后继续自顾自地忙自己的事去了。

夏雪宜可能也不明白为什么我会突然对她发脾气，她嘟嘟囔囔地说："没吃过就没吃过呗，凶什么啊。"

我懊恼于自己的情绪竟然开始不受控制，忙拿起书包，说："对不起，你找白南去吃，我暑假有事，提前祝你生日快乐。"

说完，我像逃跑一样冲进外面的夜色里。

在我把一切都搞砸了之后，生活竟意外地重回正轨。

白南重新回到特招班准备他的考试，我转去文科班开始新一轮学习。夏雪宜不记仇，每次在食堂见到还会主动和我打招呼，跟我聊聊班里的变化。

后来我考到了首都的一所外交学院，学西班牙语。

彼时白南在首都顶尖大学的人工智能专业已经念完大二了。

夏雪宜考到了南方的大学。高考出榜那天，她高兴疯了，趁着暑假她把白南从北京叫回来，说要一起吃顿饭。

这是时隔两年之后，我们三个人第一次重聚。

白南整个人都不一样了，清瘦挺拔的他穿着白衬衫，面料看起来很高级。明明比我们年纪小，可他的气质却特别冷峻内敛，倒显得我们这些高考生很是幼稚。

夏雪宜一看见他便眼前一亮，她说："你现在好高啊！有一米八五吗？"

白南点点头,冷冷淡淡的,不见一丝喜色。他自进到包间以后就没拿正眼看过我,我也不知道该怎么开口,便安静地坐着。

夏雪宜坐他旁边,我在他们对面。

夏雪宜点菜之后说:"天呐,不会吧?你们俩到现在还……"

我有些尴尬地笑笑,对她说:"帮我点两瓶啤酒吧。"

夏雪宜做了个可爱的表情,对我竖了个大拇指才加上啤酒。

我们这桌气氛很尴尬,夏雪宜一直坚持不懈地说着好笑的事情,但我低着头用指甲抠着大拇指指节,白南也不应声,倒是比去上大学之前还要沉默寡言。

啤酒上来后,服务员要帮我倒,白南拦住了他,自己帮我倒进杯子里。

我看着他帮我倒酒的那只手,手掌很大,手指细长,骨节分明。看来,他是真的长大了。

我说了声:"谢谢。"

夏雪宜高兴地说:"你知道吗?林琛考到首都啦!以后他就跟你一个城市了!"

我抬眼观察白南的表情,他没什么反应,也并不为我高兴。

我一口气干了那一大杯啤酒,夏雪宜也来和我碰杯。

几杯酒下肚,我的那股尴尬劲才算缓了过来,能正常开口跟夏雪宜谈起原先班级里的事情。白南一直默默听着,并不插话。

饭菜都吃完的时候,我其实没醉,却硬生生装出一副醉态来问夏雪宜:"你喜欢什么样的男生?"

夏雪宜眯着眼睛笑起来,大大方方地说:"白南这样的吧。"

我大声笑起来,说:"挺好的,白南聪明,不像我,我醉了。"

她边笑边说:"你少喝点酒。"

坐在她身边一直不说话的白南却突然沉沉开口："让他喝。"

那天，我可能真的醉了。

散场后，夏雪宜坐出租车走了，我和白南回到牵手楼。

我摇摇晃晃地指着路边的小黄车说："我想骑自行车。"

他扶着我说："就你这样骑什么车？"

我推开他，摇晃着走到路边，用新买的便宜手机扫了一辆共享单车，骑了上去。

他要拦我，我一个拐弯将他绕过，甩下他跑了。

为了追赶我，他也扫了一辆。

很快，他便追上了我，只是他没停下，反而超越我骑得更快。

夏日的风吹在我们的脸上，将我们的衣服头发都吹了起来，好像自由就在前方，但这风也让我逐渐恢复到不想面对的清醒中去。

我看着他的背影，眼里涌起泪意。

我能从白南的背影判断出来，他此刻又在生气。

我大喊了一声："白南！"

他终于停下，我奋力追去，在风中冲他喊："白南！"

风把我的声音冲得破碎。我看见他转身，认真看着我的眼睛。最后我停在他面前，开始不住傻笑。

他说："你喝多了。"

我笑着说："嗯，我喝多了。"

他把车停下锁住，对我说："走一走吧？"

我还是走在他身后只有一步之遥的地方，跟得不紧不慢。

他停下，我也停下。

然后他说："林琛，你太自私了。"

我疑惑地看他，他说："你每次都这么跟着我走路，就是觉得这是个方便逃跑的距离吧?只要你想走,退上几步就能离开了。"

我低头看着自己脚上盗版的品牌鞋,再也忍不住眼睛里积蓄的泪水。我笑起来,一滴眼泪却"啪嗒"一下掉在地上。

我说:"你知道吗?我前两天才知道,供我上学的钱,原本是要给我爸治腿的。"

我说到哽咽处,几乎再也无法出声。

"我爸妈攒了一辈子钱,就是想把那条瘸腿治好,就因为我自私,我爸不治了。"

白南一愣,但很快他拍打着我的背,在我耳边说:"对不起。"

我开始抓着他的衬衫号啕大哭。积累了十八年的委屈,就以这么丢人的方式释放在大街上。

过往的行人可能觉得喝醉的小年轻真是没素质,但天才向来不在意他人的看法。

我崩溃地哭喊:"如果你是我爸妈的孩子,他们就不用像现在这样操心了,为什么我不是那个天才?"

白南什么都没说,他一直静静地陪着我。等我哭到声嘶力竭,情绪慢慢平复下来才开口:"你以前说你想逃离这里,还让我赶紧去北京。"

我酒劲上头,脑袋有点疼。

"但我一直觉得,牵手楼是我的家。一个人这辈子都不可能逃得出他的家。"

我说:"对不起。我当初对你说过的那些话,对不起。"

"林琛,你喝多了。"

"嗯,我喝多了。"

⑫

青春的荒唐过往始终停驻在那里，而我们要继续赶赴各自的命运，各奔东西。我和白南一起去首都，如他曾经所说，坐上了高铁。

他一直偏着头看窗外的风景，外面的阳光洒在他的脸上，映出他流畅的下颌线，像是一尊精雕细刻的雕塑，而没见过世面的我一直在观察坐高铁的人都会干什么。

他把自己保温杯里的水倒进杯盖，递给我。

我喝了一口问他："你那专业都在学什么？"

他现在说话时的语气完全没有高一时那么兴奋："模块化信息应用、泛式脑重组……你是想问我毕业之后要干吗吧？"

我尴尬地笑笑。

他说："国家现在在组织一个科研团队，到时候我应该就会一边工作一边读个博。"

坐我们旁边的人悄悄翻了个白眼，可能觉得这小屁孩真能吹牛。

我问："在首都？"

"应该是，也不一定。"

我点了点头。

他问："怎么了？"

"没事，以后常联系。"

他这次去学校没带什么行李，因此帮我推了个箱子送我到学校去报名。我到达提前在网上选好的宿舍，刚从公寓商店买完脸盆电壶之类的东西拿上去，就看见他已经在用湿抹布帮我擦床擦桌了。

同宿舍的室友跟我礼貌地打招呼，没话找话地问："这是你弟？"

我"嗯"了一声，白南却同时回答："不是。"

我和他对视了一眼，场面瞬间变得尴尬。那室友"呵呵"干笑两声，出去了。

他瞥了我一眼，转过身又继续帮我铺床。

我说："我来吧。"

他把手上的东西放下，我一看，就剩个枕头罩没套上去了。

"手速还挺快。"我拉着他出门，"先吃饭吧。"

我打饭的时候，白南在帮我占位。偌大个食堂，越过窜动的人头，我还是能一眼看见他在哪儿。他板正腰身坐得笔直，像是个扎眼的标志，从远处看都觉得十分局促。

他不喜欢一个人待在人多的场合，我端着托盘快步走了过去。

他看见我的时候，悄悄松了口气，背也没那么僵硬了。我看见，只在心底里笑了笑，没有拆穿他的紧张。

办完手续之后天色暗了下来，我把他送到校门口，说："早点回去，也不知道远不远。"

他却随口接话："还好，公交就 53 分钟。"

我有些诧异地看着他，问："你怎么知道？"

他正排队要上公交车，上车前他对我说："你报志愿那天，我坐过一次。"

我看着远去的车尾，心像被开了个口子，里面大风呼啸。

大学里的课业挺多，周末我还找了个兼职，在培训班给小学生辅导英语，日子过得极其忙碌。白南跟着导师进了一个项目组，也没什么时间。但我们只要闲了，就会见面吃个饭，倒比之前要熟络一些。

没来首都之前，我想象着这里的繁华与希望，可当我真正抵达，才发现也不过如此。这里也有城中村，甚至比牵手楼还要拥挤狭窄。白南说的没错，只有去到远方，才能知道什么叫家。而我们怀念的少年时光，就是在牵手楼里互相守望的那段黑暗岁月。

我是逃不出去了。

⑬

大三暑假，夏雪宜特意来找我们玩。她学会了化妆，看起来更加漂亮，唯一不变的就是她明媚的笑容，显得特别有朝气活力。

她带着我去了我来这里三年都没去过的旅游景点，吃了我一直没舍得吃的正宗美食。我羡慕她对生活充满热情，也更有往前冲的勇气。

我陪了她一天，直到晚上到 KTV 唱歌的时候，白南才抽出时间和我们见面。

夏雪宜拿着包厢里的转盘非要让我们陪她玩真心话大冒险。

期间她问了很多不大正经的问题，我看着捧腹大笑的夏雪宜，也觉得心情甚好，连不怎么爱笑的白南都眉眼弯弯，眼睛里带着温柔笑意。

轮到我输了时，夏雪宜恶作剧一样地问我："老实交代，中学那会儿你有没有暗恋过我？"

我感觉到白南的注视，然后笑着回答："没有，从来都没有。"

夏雪宜开玩笑说："啊？真的假的，我心都碎了。"

她表演着失望。我却偏头看向白南，昏暗的包厢、嘈杂的背景音乐和不停闪烁的灯球都在掩饰着我们心里的兵荒马乱。灯光不停地在他脸上变换着形状和颜色，我看见了他眼睛里的认真。周遭的一切好像突然开始变慢了，我们又回到了小时候——

我把稀饭给他送去，他有点哀伤地说："我不爱喝这个，我想吃甜的。"

我蹲在他身边，从怀里拿了根有些融化的棒棒糖给他，和他依偎在小小的茶几后面，沉默地安抚着彼此的委屈和苦楚。

我不是天才，但我曾想试着理解他。

因为他也曾认真地反复默念我的名字，林琛，林琛。

那天回去之后，白南给我寄了个同城快递。满满一塑料瓶的棒棒糖纸，每一张后面都用黑色笔写着"谢谢"。

这是这个没⬛⬛⬛⬛⬛坚持，他总觉得当面道谢会让我们显得客气疏⬛⬛⬛⬛⬛十几年来，他一声谢谢都没对我说，却把这⬛⬛⬛⬛⬛

我又知道了⬛⬛⬛⬛⬛带着他坐长途车会晕车，不喜欢吃香菜，爱吃甜⬛⬛⬛⬛⬛人很多的环境里，喝奶茶喜欢加珍珠不喜欢加椰⬛⬛⬛⬛⬛紧张的时候会把背挺得很直，喜欢看烟花，做题⬛⬛⬛⬛⬛想写过程，喜欢穿白色的衣服却因为不耐脏而总头⬛⬛⬛

我掌握了他很多⬛⬛⬛⬛⬛

手机响起，白南在⬛⬛⬛⬛⬛一趟，我在你学校门口。"

这是我这二十年最⬛⬛⬛⬛⬛慢走出校园，在街的那头看见了无比熟悉的脸，⬛⬛⬛⬛⬛笑容里有着我们经历过的一切。

此刻的我，终于坚定地⬛⬛⬛⬛⬛

End

Stay.

颜川的游戏ID叫"颜控",林家喻居然把ID改成了"颜控的小跟班"。

Stay with me

柚子多肉/Text

撒娇辅助最好命

高冷颜控打野大佬 × 人帅嘴甜菜鸟辅助

撒娇辅助最好命

文 / 柚子多肉

狗血甜文懒废小仙女，荣耀 50 星选手。

颜川最近烦都要烦死了，他在游戏里被一个玩"瑶"的女玩家缠上了，怎么都甩不掉。

他以前就不喜欢带人，他对带妹子没兴趣，也觉得带技术不好的人打游戏非常影响体验。

那天是朋友拉他双排的时候多邀请了一个人，他没来得及拒绝，就进了游戏。

"谁啊？"颜川在语音里问了一声。

"我同事。"朋友说，"给你打辅助。"

"我不需要辅助。"

他话音刚落，妹子就抢了"瑶"的英雄，还发了个"交个朋友"的消息，带颜文字的那种。

颜川："……"

臭妹妹！

颜川玩的打野，朋友吩咐了"瑶妹"跟他，对方就真的全局挂在他头上。

有一局打得比较久而且有点逆风,路人射手骂骂咧咧说"瑶妹"不会跟人,"瑶妹"也没搭理,就死跟着颜川。

那局颜川带着"瑶妹"拿了五杀。

"瑶妹"发了个"帅"字,从此以后就缠上他了。

朋友拉了个三排的群,"瑶妹"天天在群里问他打不打游戏。

只要颜川上线,对方就是在线的,还疯狂给他发"求邀我",吓得颜川天天隐身打游戏。

即便是这样也能被抓住。

"大佬是在隐身打游戏吗?一起玩呀!"

颜川:"……你怎么知道的。"

"我看你星星有在涨啊。"

颜川:……

他去私聊朋友:"哇,你这个同事好奇怪啊!一直盯着我的段位看的吗?"

朋友还帮别人说话:"人家是真的喜欢跟你打游戏啊。"

"你们公司不是薪水很高吗,你让他去找个陪玩啊。"

朋友直接发来一个对话截图,是"瑶妹"跟他的对话。

"瑶妹":"野王哥哥是不是不喜欢和我打游戏啊?"

朋友:"他不怎么喜欢带人,要不你去网上找个别的大佬陪玩?"

"瑶妹":"你朋友操作比较帅。"

颜川:"我才不吃这套!"

"瑶妹"申请加他微信，颜川觉得一直躲着也不好，就通过了好友申请，想着说清楚比较好。

他就直接了一点："妹妹，我对你没兴趣的。"

对方："啊……可我对你的操作挺有兴趣的。"

颜川哑口无言。

然后对方又说："而且我也不是妹妹，我是男的。"

颜川："这样的吗？"

那真是误会了。

这人一直都只玩"瑶"这个角色，也没开过语音，之前朋友还介绍过他叫林家喻，颜川就下意识以为他是女生了。

对方又说："那可以一起玩游戏了吗？"

颜川："跟男生女生没有关系，我比较喜欢单排。"

对方："你不也经常跟胖子双排吗？"

颜川："……他打得好啊，我只是不喜欢带人，懂？"

林家喻："可是匹配到的路人也不一定很厉害啊，你就当我是路人不行吗？"

真是无懈可击的辩驳呢。

话都说到这份上了，颜川也不好意思再拒绝。后来朋友再拉他打游戏的时候，他就催眠自己是在单排，林家喻是路人。

反正人家也不开语音。

不过玩久了，默契度也就上来了，颜川确实被辅助得很舒服。

他虽然没说过，但是显然被朋友发现了，偶尔还会调侃几句他之前嫌对方缠人的样子。

颜川想辩解两句，但是怕越描越黑。

当初是当初,现在怎么看他们都是配合默契的好搭档啊!

颜川很高冷,打游戏的时候虽然开着语音,但是基本不说话;林家喻正好相反,不开语音,但是发文字发得飞起,还超喜欢用颜文字。

他很爱撒娇:"哥哥,我被对面辅助嘲讽了呜呜,哥哥帮我打她。"

他嘴也很甜:"大佬好帅啊啊啊!对你来说这个游戏有难度吗?天天这么赢不会觉得无聊吗?"

这不是标准的夸夸团吗?

最惊悚的是,颜川的游戏 ID 叫"颜控",林家喻居然把 ID 改成了"颜控的小跟班"。

把颜川鸡皮疙瘩都吓出来了。

好家伙,林家喻该不会以为他是陪玩吧!

颜川害怕林家喻缠上自己,连游戏都上得少了,但是林家喻每天都还是很热情地叫他打游戏。

有个周末胖子他们部门聚餐,颜川自己在家打游戏呢,忽然接到他的语音。

颜川直接就接了:"找我干吗?"

那边传来的却是一道陌生的男声:"你好,我是胖子的同事,他喝多了我们想送他回家,但是不知道他家的地址。"

颜川蒙了一下才反应过来,他报了胖子家的地址和楼号,然后说:"快到的时候给我发个语音,我去给你们开门。"

那边顿了一会儿又问:"哦,你们住一块?"

"没,在一个小区。"

十五分钟之后颜川去了胖子家，他知道胖子家大门的密码。刚刚打开锁，背后的电梯发出"叮"的一声，颜川回头，看到一个男人背着胖子出来。

见了鬼了，胖子 160 多斤，这个人居然能背得动他，还看着蛮轻松的。

颜川推开门招呼道："这里。"

对方埋着头背胖子进了屋，把他安置到沙发上。颜川倒了两杯水，一杯放在胖子身边，一杯递给这个男人，礼貌地说："麻烦你了。"

男人抹了把下巴上的汗，接过杯子冲他一笑："是麻烦你了。"

老天爷，颜川当下就觉得自己好像被痛击了，这也长得太帅了吧！

颜川本来是想把人接到了就赶快回去打游戏的，但是对着这张脸他根本说不出赶客的话。

对方仰头喝水，颜川根本不敢盯着人家看，只匆匆看了一眼，又被对方的帅气惊到了。

喝水也能这么好看，是有点震撼。

"能再喝一杯吗？"他晃了晃空杯子，"口有点渴。"

他居然把一杯水都喝光了。

"我帮你倒。"

颜川去餐桌倒水，水壶里其实还有半壶，他拿起来看了一眼，面不改色地撒谎："没水了，我再去烧一壶。"

如果他说不用了那就算了，颜川心想，没想到对方却是点点头，说："谢谢。"

颜川到厨房添了半壶水，出来的时候那人正在给胖子扯毛毯，还问他："就这么把他放这儿没事吗？"

"没事,我等会儿看他醒了再回去。"

"好。"

水烧开了,颜川给对方倒了半杯,因为水太烫,那人拿在手里半天下不去嘴。

颜川有点过意不去,就从冰箱里拿出一瓶水给他:"兑吧。"

对方愣了一下,盯着那瓶水笑了。

颜川也马上反应过来:"忘记了。"

确实忘记了,他是故意烧的水,也是真不记得冰箱里有矿泉水了。

第二天颜川睡醒就给胖子发信息,问他:"昨天送你回来的帅哥是谁啊?"

胖子隔了半小时才回他:"……"

颜川:"谁啊?"

胖子:"我刚刚在开会,手机在投屏做产品分析,你的信息弹出来了!"

颜川当下脑子就"嗡"了一声:"你不会告诉我,你的信息会显示详情吧?"

胖子:"废话。"

颜川用颤抖的手继续打下几个字:"该不会那个帅哥也跟你在一块开会吧?"

胖子:"废话。"

颜川:"……"

胖子:"而且所有人都在假装没看见,只有他笑了一声。"

颜川:"你帮我问问看你身边有没有朋友租房的。"

胖子："干吗？"

颜川："我连夜把房子租出去然后回老家吧。"

胖子："好。"

颜川："……"

好个鬼啊！

他已经够窘迫的了，过了一会儿刷朋友圈还突然发现，这胖子真的把他家的照片发出去了，在朋友圈问有没有人要租房。

有共同好友在底下问："这不是颜川家吗？他怎么了？"

胖子回复："也没啥，就是聊天的信息被我们全组人看到了而已。"

林家喻还在底下评论："这是大佬家吗？真不错。"

胖子问他："那你要租吗？"

林家喻："可以和大佬合租吗？"

颜川："滚。"

胖子私聊他："昨天就是林家喻送我回来的，哈哈。"

颜川抱头作"无语"状。

林家喻还在群里问他："大佬为什么叫我滚？"

颜川本来在输入框打了"叫你滚就是了哪儿那么多废话"，但是却发不出去。

他对着"瑶妹"可以口无遮拦，但是想到那张帅脸却说不出这种话。

"他也没那么帅吧。"胖子说，"其实都没你长得好看。"

"你懂什么。"颜川回他。

林家喻其实也不是那种让人一眼惊艳的长相，颜川虽然自称"颜控"，但他欣赏不来那种长相千篇一律的帅哥。他大学读的是体校，什么样的帅哥没看过。有些帅哥是属于一眼惊艳但很容易看腻的类型，但林家喻长得就是耐看的，是那种越看越好看的长相。

"那你们应该挺玩得来的，一个嘴巴甜一个眼光毒。"胖子说完又去群里说，"@颜控，理一下人家啊。"

颜川在群里回了个"嗯嗯"。

高冷人设不能倒。

胖子："他早上还在跟我说，昨天看到你之后好失望。"

颜川："失望什么？"

他不帅吗？

林家喻："呃，就是觉得你很帅，又很高冷的样子，和我想象中的不一样。"

"……你想象中的我是什么样？"

"应该是蛮丑的，你不也没发过自拍吗，他们说不发自拍的大佬都很丑。"

颜川："……"

"所以昨天有吓到我。"

我才是被吓到的那个吧！颜川想。

晚上胖子又拉他们打游戏，进了游戏发现林家喻还开了语音，搞得颜川稍微有点拘谨。

开了语音的林家喻也不像平时那样会"大佬长大佬短"地乱喊，一开始就蛮安静的，只有胖子在那边自言自语地吐槽队友。一直到开局46秒的时候敌方打过来，颜川一声不吭地过去，还带走三个人头。

过来支援的胖子洋洋自得，对着对面说："就这啊。"

队友也在发"干得漂亮"。

颜川操作着英雄继续刷野，听到语音里林家喻夸他："野王玩得厉害！"

颜川停了半秒，对着空气放了几个技能，然后冷冷地说："嗯。"

打了两把胖子就说外卖到了要先去吃消夜，让他们先打两盘。

颜川刚想说他也要去洗澡了，谁知道林家喻立刻说"好的"，然后一气呵成把胖子踢出房间并重新开了游戏。

颜川就闭嘴了。

印象中这是他们第一次双排。

以往三排只要胖子说走，颜川都会比胖子更快一步退出房间；有时候他想打游戏在群里叫胖子被拒绝，林家喻主动说"我有空"的时候，颜川也会一口回绝说"现在不想打了"。

这么一想他以前对林家喻真的很恶劣。

这局他们双排遇到了另一个大佬带着一个新人妹子在玩，一楼边路，二楼拿了瑶的角色，颜川在三楼，看到四楼预选了打野，就让给了他。

"射手和法师你要玩哪个？"颜川问林家喻，只剩下这两个位置了。

"我都行。"

反正都一样菜，颜川就拿了他想玩的法师。

其实一开始颜川玩游戏就玩的法师位，是因为后来觉得玩打野的都太菜了，而且总有妹妹跟他抢中单，所以他才去玩的打野。

能漂漂亮亮地赢人头，谁愿意干累死累活的打野啊。

结果就在他选定英雄的瞬间,四楼那位却突然选了射手。

要不是跟林家喻还连着语音,他就要爆粗口了。

"你有火舞这个英雄吧?"颜川问。

林家喻:"有。"

"你随便拿个打野跟我换。"颜川说。

"但是我不会玩火舞,我可以打野的。"

"我火舞刚刚拿国标,不想掉分。"

"我打野吧。"林家喻说,"没看你玩过法师,想见识一下。"

"……我也没看过你玩打野,但是我并不想见识。"

林家喻在那边笑了一下,果断拿了一个打野英雄。

算了,颜川安慰自己,实在不行晚点自己再打回去吧。

他抱着必输的决心,看到林家喻开局就被反野,射手也直接去拿了他的东西,就跟他说了一声:"我吃你野了?'发育'一下。"

林家喻在那边"呃"了一声,似乎是不太乐意,但又不敢拒绝。

颜川也不是真的在征求他的同意,因为问出口的时候他已经在做了。

林家喻只能一个人可怜巴巴地去敌方野区偷一点猪和河道蟹,偶尔也会去俩边路蹭兵线,被骂的时候颜川就帮他骂回去。

这么打了十来分钟,一直到颜川被对面报团的五个敌军越塔强杀,林家喻及时赶到一顿操作,颜川还在语音里让他走,"走"字还没说完呢,林家喻就把敌军全都干掉了。

颜川有点惊讶,"刚刚换人了吗?喂喂喂?林家喻说话。"

"是我!是我!"林家喻强调。

颜川看了一下列表,发现林家喻经济确实是最高的:"可以啊,有点东西啊你。"

林家喻在那边委屈巴巴地说:"如果不是一直被你和射手瓜分我的野区,我早就'发育'起来了。"

"我以为你只会玩辅助。"

"能骑在野王头上躺赢,谁愿意累死累活打野啊。"

确实。

能躺谁愿意累死累活打野啊。

所以第二局颜川秒选了"瑶"的角色。

林家喻:"……"

没想到颜川回了句"交个朋友",撒娇带颜文字的那种。

林家喻就这么带他连胜了五局。

一开始颜川还蛮不习惯的,玩游戏那么久已经习惯了每一局都是他 carry 全场,猛地被抢了 MVP 他还很不服气,一直到那局遇到了国服"貂蝉",他打不过,林家喻就一直在中路帮他抓对面。

搞得那个"貂蝉"很难受,打字说:"有人带了不起啊?"

那一瞬间颜川的虚荣心得到了极大的满足。

对啊,就是了不起啊,国服"貂蝉"又怎么样?你有人带吗?

想以前他单排也经常遇到过对线打不过就叫大佬来的人,他那会儿还蛮清高的,很是瞧不起对方。靠别人算什么本事,我没人带照样能赢你们。

实在是没想到有人带原来这么爽。

"你在网上和现实中的性格差别蛮大的。"打完之后颜川跟林家喻说。

"嗯，网上比较话痨吧。"林家喻说，"那你觉得哪种比较好？"

颜川："呃……"

林家喻："懂了。"他发了一个哭脸过来，又说："网上的我很让人嫌弃。"

颜川："呃……"

其实颜川不讨厌他的性格，只不过先入为主，有点嫌他烦罢了。但他总不能这么说吧。

"你明天有事吗？"林家喻问他。

"没，怎么了？"

"预约你明晚打游戏。"

"嗯。"

第二天颜川早早就点了外卖洗了澡，刚要吃饭的时候胖子给他打电话，让他下去一起吃。

"不去。"颜川一口回绝，"我点外卖了。"

"你拿下来一起吃啊，林家喻买了好多小龙虾来。"

"什么？林家喻在你家？"他没听错吧？

"嗯，我下班的时候他非要蹭我的车过来。"

颜川有点恼火这个人过来也没跟他说一声，明明白天一直在聊天的。

他拎着外卖下楼的时候速度快到飞起，心里还有种对小龙虾的兴奋和期待感。

坐电梯的时候林家喻给他发信息问他到哪里了，他回了个"电梯"，按了密码刚要开门，门就由内打开了。

林家喻站在他面前眼睛弯弯的："嗨。"

颜川一下子不知道要说什么，就很高冷地"嗯"了一声。

反正他平时也是这样。

林家喻买了十斤小龙虾，颜川剥第一只虾的时候就翻车了，汁水溅了一身，林家喻在旁边又是拿纸又是擦桌子。

"我来剥吧。"林家喻从他手里接过那只小龙虾，"我剥虾一秒一个。"

颜川还在那儿擦他的衣服，一抬头碗里已经五六个红彤彤的虾肉了。

胖子在旁边直咂舌，问："颜川你还记得我读大学时交的那个女朋友吗？"

颜川翻了个白眼："说那个绿茶干吗？"

"我第一次跟她出去吃小龙虾她也是像你这样的，后来我每次跟她出去吃小龙虾都是我给她剥。"

林家喻在旁边想笑又不敢笑。

颜川脸都气黑了，这是在说他也很绿茶吗？可是他又不是故意的！

"我自己来。"颜川说。

"你坐着吃吧，你的手等会儿要留着操作的。"

"听到没有？"颜川扬着下巴对胖子说，"要是剥虾划伤了手，等会儿谁带你们飞？"

胖子："更像了更像了。"

颜川："……"

林家喻终于忍不住"扑哧"一声笑了。

他们干完小龙虾之后打游戏打到很晚，胖子赶他们走，颜川跟林家喻一起下楼，顺便问他："今天怎么突然过来了？"

　　林家喻瞥了他一眼，说："明知故问。"

　　颜川觉得自己的脑子好像蒙了一下，他又接着问："难不成是专门来找我打游戏的？"

　　林家喻："不然呢？"

　　"那也不用跑过来一趟吧。"

　　"你不是比较欣赏线下的我吗？所以我要多来你眼前晃晃，好偷学几招啊。"

　　这下颜川都不知道自己是该说"这话谁说的"还是该说"我没说过这话"，最后他脑子一抽，说的是："随便你。"

　　林家喻步子一顿，侧头看他："你要是这样说的话，今晚我就不回家了。"

　　"你准备让我带你通宵打游戏？也行，胖子家还有床。"

　　"不要，我要去你家。"

　　颜川："……不准装可爱。"

　　"你不是说随便我吗？"

　　颜川："……"

　　是随便你，但你这也太切换自如了点吧！

陈芥子 / Text

放开那个县令
让我来——

武艺高超直率捕头 × 温和多情文弱师爷

放开那个县令，
让我来。

文 / 陈芥子

是个介乎于青春晚期和更年早期的精神儿姐姐。

01

临江县依山傍水，物产丰饶，本是个人杰地灵的好地方。

可奈何，一连三年死了六任县令，个个死状凄惨，死法离奇，生生就把这么一个世外桃源变成了不祥煞地。

再加上之前先帝龙体抱恙，契族入侵的事尚且无暇处理，哪有工夫管这无关紧要的弹丸之地。

是以，临江县的县衙门已经空下半年有余，仅剩师爷柳衔月和捕头司玄凌，以及几个死忠粉衙役勉强维持。

如今新帝登基已三月有余，他年岁虽小，但勤于政事，体恤万民，瞧着是个明君。

柳师爷一看时机已到，便一连上了三十六道折子，道道荡气回肠，感人肺腑，请求新帝务必八百里加急，给临江县调配过来一任新县令。

因为，日日生活在捕头的淫威之下，他实在是忍不了了。

捕头司玄凌一看师爷忙前忙后殚精竭虑，心想自己也不能落了下风，遭百姓耻笑，遂也开始像模像样地写折子。

师爷写一道，他就跟一道。

只是他文化程度不高，作风也比较粗犷，写折子不用笔墨，而是将手中的大砍刀耍得虎虎生风，入木三分地刻在竹片上。

他的行文也是相当的言简意赅，只有歪歪扭扭五个大字："来个新县令。"

弄不好字还得错仨。

"无非会个一招半式，断不致如此高调，鲁莽！"

这厢遣词造句的柳师爷偷偷瞥了一眼司捕头，但见他气吞山河、横扫千军。

略一分神，柳师爷最后一笔写垮了。

"不过读过几天私塾，大不必如此卖弄，矫情！"

那厢辗转腾挪的司捕头凶巴巴瞪了一眼柳师爷，但见他温润如玉、风度翩翩。

稍一紧张，司捕头最后一刀抡歪了。

千里之外，小皇帝看着桌上堆成小山的七十二道奏折，感动不已，连夜召集朝臣，商议推举县令一事。

朝臣们顶着黑眼圈爬出被窝，一听说是这事儿，又都纷纷爬了回去。

毕竟关于六任县令的死因，那可是传得沸沸扬扬。

有说邪祟作怪的，有说恶鬼复仇的，前前后后几十个版本，说得要多邪乎有多邪乎。

小皇帝气得暴跳如雷，牙龈上火。

贴身小太监一看这样下去也不是办法，遂献计道："依奴才所见，这半年多来，柳师爷和司捕头把临江县治理得不错，圣上不如就拟一道旨意,让他俩暂代县令一职,尽快查明六任县令死因,谁能成功破案,就把谁扶正!"

小皇帝听完,龙颜大悦:"这个主意好,就依你所言!"

圣旨八百里加急,一刻也不敢耽搁。

柳师爷和司捕头跪地接旨,万分虔诚。

随着公公一声"钦此",低迷了半年之久的县衙,一朝之间鸡犬不宁地噪了起来。

柳师爷和司捕头更是为了彰显政绩,忙得不可开交。

这边师爷要兴办益学堂,那边捕头就要搞个讲武堂。

这边师爷要把年久失修的泥泞老路变成十里康庄,那边捕头便非得在柳条河上架起一座爱的桥梁。

"东抄西袭,拾人牙慧,你这样是不对的,创意!要懂得什么是创意!"

身着青布衣衫的柳师爷站在衙门饭堂门口,暗戳戳扯住大步流星的司捕头,打算和他好好讲一下君子之道。

哪知,司捕头瞧了瞧袖口上那只纤纤玉手,直接甩出怀里的大砍刀,刀意一闪而过,柳师爷掉了几根头发。

"创意我不懂,但我分分钟揍得你一身创伤,你懂吗?"

这……

柳师爷一番权衡,灰灰地点了点头,顺带做了个"您先请"的动作。

司捕头向来看不惯他这一身软骨头,愈发觉得,县令一职绝不能落在这样一个人手里,这关乎临江县数十万百姓日后能不能直得起脊梁。

可柳师爷却不是这么想的,他管这叫忍辱负重,韬光养晦,只待时机成熟,伏久高飞。

那高悬在公堂之上的明黄圣旨，便是个绝佳的机会。

"正所谓，捕头不肖，师爷之过。待我荣登县令之日，便是司捕头奉命受教之时！"

望着司捕头那雄赳赳的背影，柳师爷已然感受到了雕琢朽木的责任重大，使命难当。

02

柳师爷是个文雅之人，吃饭亦是慢条斯理，极有教养。他夹什么都是浅尝辄止的一小口，边吃还要边用手帕擦嘴，嚼东西一丝声音都没有。

看他吃饭，就觉得世间所有珍馐都味同嚼蜡，没什么太大诱惑。

反观司捕头，糙老爷们儿一个，盛了一大碗冒尖儿的米饭，又夹了一堆菜品盖在饭上，最后浇一层油腻腻的菜汤，便开始闷头扒饭。三下五下，碗便见了底。

看他吃饭，就觉得烂菜叶子炖锅底灰也会很香。

"恶犬扑食，真是有辱斯文，不成体统！"柳师爷举着筷子，一边想着该如何教导他，一边动作优雅地伸向最后一块红烧肉。

"叼肉就叼肉，非得惺惺作态，欠缺阳刚之气！"司捕头眼疾手快，一伸手，直接端走了盛肉的盘子。

"你……"

柳师爷落空的筷子悬在半空，实在意难平，酝酿了半天才来了句："你说你一堂堂习武之人，怎的如此不讲武德？"

司捕头把大块红烧肉往嘴里一塞，咯吱咯吱嚼得直响："你会武功么？不会跟我扯个锤子武德！"

柳师爷：……

这俩人正在日常斗嘴,忽听衙门口传来一阵急促的击鼓声。

"嗖"的一下,柳师爷提着长袍跑了出去。

留下慢半拍的司捕头像个木头墩子似的杵在原地。

不好,要被抢了先锋!

司捕头幡然醒悟,提着大砍刀也往外冲。

那架势就跟要灭谁九族似的。

等冲到公堂之上,只见柳师爷已经端坐堂前,抄起桌角的惊堂木拍了下去:"升堂!"

03

分站两旁的衙役敲着棍棒:"威……武……"

不等"威武"完,司捕头抢先一声大喝:"带击鼓者上堂!"

这一嗓子,云穿石裂,地动山摇,震得衙门口那棵大榕树上的喜鹊窝都掉了。

前来击鼓的是个年岁不大的小姑娘,气喘吁吁,神色慌张。

柳师爷怕公堂威严吓着人家,便柔声问:"姑娘何方人氏?击鼓可遇难处?"

小姑娘跪地道:"小女名唤金莲,是城南粮商大户金府的丫鬟。还请二位大人速速去府上看一眼,我家老爷他……他……"

她说着说着便哭哭啼啼起来。

司捕头一听见女人哭就脑仁儿疼,脸一黑,刀一横,道:"有话快说,别吞吞吐吐!"

金莲何曾见过这等凶神恶煞的人物,当下一个没忍住,哭得更厉害了!

这倒是让司玄凌颇有些不知所措。

柳师爷剜他一眼,走下公堂,从怀里掏出一块绣着鸳鸯戏水的手帕。

这还是上回他给醉春楼的红姑娘写曲儿,红姑娘亲手绣了送他的。

这厮干别的不行,就是红粉知己乌泱乌泱一大堆。

"姑娘莫怕,那人面相虽凶了一点儿,实则没什么坏心思!"柳师爷好生安慰道。

金莲自幼被卖入金府,深居简出,哪见过如此温润的男子。眉宇间尽是暖春之色,眼波里含着脉脉深情。

唉,这该死的温柔,总叫人心在动泪不流!

金莲顿时止了眼泪,一把薅住柳师爷的袖子,颤声道:"我家老爷昨晚被恶鬼索了命,流了满屋子血,嘴角却还带着笑!"

恶鬼索命,嘴角带笑!

这死状怎么和前六任县令的死状如出一辙!

这事儿大了!

柳师爷和司捕头默契地对视了一眼。

他二人自然不信什么妖鬼之说,只是不懂,凶手的目标怎么就从当官的变成卖粮的了,难不成是看心情?

可不管怎么样,这桩凶案都为查明真相提供了难得的契机。

司捕头刚刚吃了反应慢的亏,这会儿倒是学得聪明。还没等金莲把话说完,便脚底生风,踩着风火轮儿似的"飞"了出去。

"捕头这是……"金莲捋了捋被司玄凌带起的风吹歪的刘海,面露困惑。

柳师爷目送司捕头的背影,摇头叹息。因为他知道,没有盖着衙门大印的公文,他这就是私闯民宅妨碍公务,这个莽夫做事前总是不太喜欢动脑筋。

叹罢,又问金莲:"现场可曾命人保护?"

金莲点头道:"主母夫人亲自坐镇,谁都别想进老爷书房!"

柳师爷道:"那就好,劳烦姑娘稍等片刻!"

说完,他不紧不慢地回身,不紧不慢地抽出宣纸,不紧不慢地磨墨,不紧不慢地写公文,又不紧不慢地为自己亲手写的公文不紧不慢地盖上公章。

这一套程序走下来,金莲都看困了,司捕头都蹲出三条街了。

"姑娘醒醒,可以动身了!"柳师爷轻轻推了推打瞌睡的金莲,又招呼了几个伶俐的衙役。

结果……

刚到衙门口,便见司捕头横刀立马,怒目圆瞪!

柳师爷一看情况不妙,赶紧把公文揣进怀里,护在胸前:"司捕头,此等光天化日,朗朗乾坤,强抢公文可是违了侠义之道,英雄之本!"

"抢公文?"司捕头摇了摇头,"那多麻烦,不如直接抢你!"

说罢,他也不下马,直接用刀鞘钩住师爷腰上的绅带,往上一挑。

柳师爷顿觉脚下轻飘飘,整个身体不受控制地飞向半空。接着又是一个急速下坠,倒是没摔个四仰八叉,却落在了司捕头那匹青骢狮子马的马背上。

"我的个亲娘七舅老爷,吓煞我也!"

柳师爷拍着胸脯犹自惊魂未定,司捕头马鞭一甩,青骢马已跃出五丈有余。

柳师爷身子不由自主地往后仰,情急之下赶紧抓住司捕头的腰带保命。

04

一路快马加鞭,很快到了金府。

司捕头长腿一跃下了马，走到门口时忽然停住了。

感觉好像缺了点儿什么！

还能缺什么，缺心眼儿呗！

"捕，捕头请留步！"

司玄凌一转身，便看见柳师爷伏着身子，抱着马脖子，躬在马背上，战战兢兢的熊样儿。

无奈，他只好又折返回去，极为嫌弃地伸出一只手臂。

柳师爷几乎是顺着捕头那只孔武有力的手臂爬下来的，姿势要多难看有多难看。

下马后，他还十分郑重地朝司捕头做了一揖："若有下回，还劳驾捕头置方马镫，断不至于令我一县师爷颜面扫地。"

"是吗？可我觉得用不上！"

司捕头考虑都没考虑一下，直接提溜着柳师爷的脖领子，一脚踹开了金府的红漆大门。

守在金老爷书房门口的，是个三十来岁的少妇。她身形高挑，面相端庄，一身珠光宝气，满脸悲戚之色。见了柳衔月和司玄凌，未语泪先流："青天大老爷，您二位可要为我家老爷做主啊！"

柳师爷同情心泛滥，又从怀中掏出一方手帕。

这一块上绣的是龙凤呈祥，乃张员外千金所赠。

"你就是金府当家主母金夫人？"司捕头可没有柳师爷那般多情，问案直奔主题。

少妇老老实实回答："正是！"

"你家老爷死在里面？"

"正是！"

"是否有人破坏过现场？"

金夫人摇头："除了一个时辰前，民妇进去送过一回饭，并没有人靠近。"

司玄凌点了点头，看也不看金夫人一眼，提着大砍刀推开房门。

迎面扑来一阵刺鼻的血腥气，接着映入眼帘的便是喷得到处都是的血迹，书柜尤甚，基本被鲜血浸透了。

这得是把体内的血都流干了吧？金老爷当真死得好惨。

柳师爷搀着伤心欲绝的金夫人，好生一顿安慰："夫人节哀，我等作为一县父母官，定然还您一个公道。"

一边安慰，他还一边摩挲了几下她莹莹皓腕上的白玉手串。这动作未免太过轻浮，金夫人"嘶"了一声，便挣脱了他的手，顺带着把衣袖往下拽了拽。

司空凌看在眼里，鄙在心上，本着眼不见心不烦的处事原则，大步一跨进了屋。

柳师爷正要往里走，忽听司捕头不合时宜地提醒："门槛儿高，师爷小心别绊着！"

柳师爷往脚下一看，立时明白了司捕头的意思，礼貌地拱了拱手，道："多谢捕头提点，柳某自当谨慎！"

说罢，高抬脚大迈步，靴底离门槛儿足足两尺有余。

"这俩人，似乎有些面和心不和。"

站在一旁的金夫人最会察言观色，这会儿心中已然有了分寸。

书房内，陈设简单，家具古朴。偌大的书柜里虽有不少遗世孤本，但上面除了血迹，便是灰尘，可见这金老爷不过是一名沽名钓誉之徒。

打翻的饭菜仍在地上，菜汤和血迹混在一起，已经凉透了。

按照金府到县衙的脚程，以及柳衔月那货磨磨唧唧耽搁的时间计算，金夫人在送饭时间一事上并未撒谎。

只是这饭食，未免太清淡了些。

北方大旱三年，颗粒无收，以致位处北方的契族撕毁契约，大举进犯中原。

金老爷作为本地最大的粮商，靠着倒卖粮食，应该赚得钵满盆满才是。怎的书房如此简陋，饭食亦跟喂兔子一样？

"你家老爷可信佛？"柳师爷所问，也正是司捕头所想。

"老爷并不信佛，只是前两日去三星观求签，观里的老道说他这几年哄抬粮价，置北方流民于不顾，有损阴德，难有子嗣，要素食三年，起居节俭方能福荫绵久，儿孙满堂。"

这解释倒也说得通，柳师爷和司捕头点了点头。

再往前瞧，便是金老爷惨不忍睹的尸体。

金老爷仰面朝上，赤脚散发，掉落的书籍散了一地。

地面上有挣扎的痕迹，两只鞋子一东一西，应该是奋力挣扎所致。

除此之外，全身上下三十六道伤口，道道足以致命。

可这都不算什么，最诡异的应是金老爷肥硕身躯下，压着十八块罕见的白石。每块石头上都刻满了符文，也不知什么意思，反正瞧着很是神秘。

如此痛苦的死法，金老爷却嘴角上扬，面露微笑，不禁又让这桩命案惊悚了几分。

柳师爷身居文职，平日甚少见到尸体，死相如此诡异的就更别提了。这会儿不由得心里犯怵，脚步虚浮，为了不让自己当场晕倒，他决定避开尸体，从他处寻得蛛丝马迹。

于是，柳师爷便像只猎犬一样东闻闻，西嗅嗅，时不时还摇着折扇闭起眼睛品一品，看上去也是蛮重口味的。

要不是他风姿文雅,高洁出尘,金夫人定然会以为他是个变态。

再看司捕头,五官深邃,棱角分明,如同一个套马的汉子,威武雄壮。

"师爷闻出什么了?"司玄凌将金老爷那硬邦邦的手臂放下,起身时悄悄藏了黏在血污里的一件小东西,并对柳师爷的畏缩行径,表达了不齿。

柳师爷摇着折扇,一脸讳莫如深:"区区血腥气,无它!"

"那捕头呢?捕头对此桩命案,可有高见?"柳师爷反问。

司捕头抱刀而立,倒是坦然:"有,但不想说!"

这一番问答直听的金夫人云里雾里:"所以二位大人的意思是……"

"节哀顺变!"

异口同声。

"这……"面对两张严丝合缝的嘴,金夫人有些急切,"我家老爷到底是怎么死的,二位大人倒是给我妇道人家交代几句啊!"

"不该你知道的,别瞎打听!"司玄凌硬邦邦一句话,直接说得金夫人哑口无言。

"夫人少安勿躁,真相如何,我等自会仔细查明!"柳师爷再次拍了拍金夫人的手腕,发现那手串触感细腻,剔透晶莹,绝非凡品。

"那……"金夫人知道再问定然也问不出什么,便道,"那……恭送二位大人!"

"走?想必夫人误会了,柳某未曾说过要走!"柳师爷合起折扇,就那么春水微漾般看着金夫人,仿佛能看到她心窝里去。

反观司玄凌,砍刀一立,八面威风,扯着嗓门儿道:"把府上的人都叫来,我要问话!"

那感觉就像是要当场劈了金府全家。

"司捕头可否礼让一步,您挡了我的视线!"

柳师爷悄悄用手肘推了推司玄凌的肋骨,示意他往旁边挪点儿。

"有种你就把我推走!"司玄凌岿然不动,稳如泰山。

柳师爷懒得和他斗勇,便直接绕到他身前。

结果司捕头居高临下地拍了拍他的头顶,柳师爷一回头便看见了那张比自己高出大半个头,刀割剑凿般棱角分明的脸。

这……

这也太伤自尊了!

局外人一样站在一旁的金夫人看着这二人斗气的模样,额头三道黑线:这二位大人真的断奶了吗?

05

金夫人作为当家主母,做事很有风范,没一会儿,全府上下便都聚齐了。恰巧这时姗姗来迟的衙役们也都赶到,司玄凌便吩咐下去,让他们对每个人进行盘查,包括近日行踪、金老爷近况、案发时所见所闻,总之越细越好。吩咐完,也不做过多停留,大摇大摆地往外走。

"你不跟我回去?"

走了几步,又回头看还在身高问题上闹别扭的柳师爷。

柳师爷迟疑了一下,最后还是回道:"就来!"

说罢,慢慢悠悠跟了上去,他并不想和司捕头并肩同框,毕竟身高这一块,不是靠后天能够弥补的。

"上马!"

司捕头把手臂伸给柳师爷,已然给足了面子。

不料换来的却是师爷委婉的拒绝："多谢捕头好意，柳某尚有要事要办，想一个人走走！"

说罢，也不管司捕头的脸色，摇着折扇径直先行起来。

司玄凌一腔好意喂了狗，内心颇为不悦。

"随你，走累了别嚷嚷着让我给你舒经通络就行！"他话虽如此，却并未催动马匹，只是信马由缰优哉游哉，时而还被脚程堪比龟速的柳师爷落下一程。

柳师爷一路走，一路看，看似悠闲自在，实则脑子里无时无刻不在琢磨案情。

首先，是那金夫人腕上戴的白玉手串，不仅材料罕见，样式也颇为奇特，和以往所见截然不同。而想要打造那样一副手串，必然要找手艺高超的工匠。临江县最有名的首饰铺子，全都集中在这条街上。自己一家一家地看过去，总能有些收获。

再者，要不是司玄凌及时提醒，他差点儿就踩到门槛下的那只脚印。他已暗暗将脚印上的纹路和金老爷的鞋底比对过，应该就是金老爷的无疑。

可他想不通，那脚印为何前脚掌极深，后脚跟又极浅。

正常人难道不应该是后脚跟受力更大吗？何况金老爷还是个接近两百斤的胖子。

还有，就是金老爷那一身的致命伤。试问，谁会在已经确定对方必死无疑的情况下，还要再补上三十几下呢？

若不是仇深似海，那便只剩一个可能，混淆视听。

只可惜他对兵器没什么研究，这一点怕是要落了司捕头的下风。

最后便是偌大一间书房，没有笔墨，却在浓煞的血腥气中充斥着淡淡的墨香。

这墨香是翰墨斋独有的溪良墨，因添加了诸多防虫防腐的药材，因而呈现一股若有似无的药香。

柳师爷平日对文房四宝颇有研究，这才注意到这个细节。不过看金老爷书房的积灰程度，他显然不是个喜欢读书写字的人。

那么，他会在什么情况下挥毫写字呢？

想不通啊，着实想不通。

柳师爷遇到棘手的问题，便会习惯性地用折扇敲脑袋。

而此刻，身骑高头大马，看似威风八面的司捕头，也并非表面那般云淡风轻。

他这个人性格粗糙，办案却细致，发现的疑点，绝不比柳师爷少。

第一，金老爷的死状和六任县令的死状，乍看如出一辙，实则略有不同。六任县令身上的是刀伤，干净利落，刀法诡异，功夫独到，就连他这个用刀高手也一时瞧不出门道。可金老爷身上的却是剑伤，功力一般，甚至有些差劲。

此外，金老爷身下的白石，也与前六任县令不大一样。六任县令身下的白石产自临江县北三星山，金老爷身下的白石尽管也是白色，但成色剔透，倒像是某种罕见的玉石。

第二，满屋子鲜血未免太过欲盖弥彰。毕竟除了第一刀外，其他伤口都是死后造成，

人死后血液凝固，怎么可能喷得到处都是？凶手定然是想隐藏什么。

他估摸那一柜子被染透的书便是重点，只可惜自己不怎么识字，白白便宜了姓柳的那小子。

第三，门槛下的鞋印除了前深后浅外，还有一小道明显的拖痕，难不成金老爷已经七老八十，走路都不利索了吗？

最后，便是他从血污中偷偷拾起的那半片树叶了。

叶片厚实硕大，瞧着至少也得是八十年以上的老榕树。临江县的古榕基本都集中在这条从金府到县衙的路上，是以司玄凌一路东张西望，也并非真的在欣赏风土民情。

016

正所谓，踏破铁鞋无觅处，得来全不费工夫。

柳师爷把玩着首饰摊上的一枚玉簪，颇有些喜出望外。

他用余光偷偷瞄了捕头一眼，确定那莽夫正对着一棵老榕树发愣，丝毫没有注意到这边的动静，才压低了声音，悄悄同琢玉的老师傅闲聊："您这雕工丝丝入扣，藏巧于拙，瞧着倒是少见！"

老师傅一看有生意上门，自然眉开眼笑，岂料他平日吆喝惯了，扯着嗓门儿回道："这位公子好眼光，这雕法儿并非出自中原！"

这一嗓子，方圆十里都听得见！

柳衔月折扇扶额，有那么一瞬间很想学一学司捕头的做派，直接把这人拖出去斩了！

再看司玄凌，果见他假装心不在焉，实则耳朵都要竖到天灵盖了！

柳师爷忙给老师傅递眼色，不承想老师傅眼神儿不大好，根本不理："这种雕法叫原雕，特点是保留玉石的天然形态，造型拙朴，多以神鸟为图腾，有浑然天成，与神相通之意。"

……

行吧，既然这条线索兜不住了，索性光明正大一些。

"敢问，这是何族雕法？这神鸟又唤何名？"柳师爷问。

老师傅道："此乃契族的雕法，神鸟名为鬼车，黑白两色，日翔八百，夜翔一千，可传达神明旨意，是信鸟！"

柳师爷点头："老师傅，您如此见多识广，可是到过契族？"

老师傅得意一笑："不瞒您说，老夫年轻时行遍天下，还曾在契族住过两年呢！"

"既然如此……"柳师爷突然又鬼鬼祟祟地从袖子里掏出个东西。

天天自诩正人君子，竟也学会藏私了！

司玄凌歪着身子斜着眼，既要保住光明磊落的形象，又要探得敌方重要军情。突然怀疑自己为了区区县令竟丢了侠义之本，是不是有点儿有违背初衷！

"老师傅，您在契族多年，可识得这个东西？"

原来柳师爷遮遮掩掩的，是压在金老爷身下的一块白石。

"这……"老师傅忽然脸色一沉，面露惶恐，不耐烦地打发道，"你到底买不买东西，不买赶紧走，别耽误我做生意！"

柳师爷被老师傅骂骂咧咧推搡出好几步，他脾气好倒是能忍，可立在一旁的司玄凌却是无论如何也忍不了了！

眼前这人虽和他五行相克八字不合，可除了自己，也从来没有让别人欺负的份儿。

"这簪子老子买了，你有屁快放！"

司玄凌纵身下马，一把将柳师爷揪过去，"啪"地把大砍刀往摊位上一撂。

目测打不过，老师傅有些怂。

"文明，注意文明！"柳师爷被司捕头护在身旁，很有安全感。

"好！"司玄凌竟破天荒答应了，并将大砍刀往老师傅脖子上一横，非常注意文明地来了句，"请您，有屁快放！"

"我……"老师傅求救似的看向软柿子柳师爷。

柳师爷当然晓得司捕头不会滥杀无辜，但为了套话，还是十分配合地躲到了司玄凌身后,默默地捂住了眼睛:"下刀要快些,莫崩我一身血!"

老师傅一听这话,顿时就尿了:"我说,我说还不行吗!

"这白石产自北方契族坤常山,是一种罕见的玉石,上面画的是鬼杀符啊!"

"什么鬼杀符?说清楚点儿!"

"一种契族巫术,在十八块白石上画满符咒,再蘸上某人的鲜血,便可引来恶鬼,将此人杀死!"

"一派胡言!"司玄凌又将大砍刀逼近了一分。

老师傅"扑通"一声就跪了:"小老儿说的句句属实,还请二位好汉明察!"

柳师爷一看老师傅涕泪横流的模样,怼了怼司玄凌道:"别吓唬他了,应该没撒谎!"

"嗯。"

司玄凌收了刀,朝那老师傅道:"你提供线索有功,去衙门领赏吧!"

这颇为锋利的人生转折!

老师傅尚自云里雾里。

"敢问您二位是……"

司玄凌略一抱拳:"九品捕快司玄凌!"

柳衔月微摇折扇:"九品师爷柳衔月!"

"原来是二位大人,休怪小老儿有眼无珠,逾越了……"没等老师傅将道歉的话说完,司玄凌往摊位上扔了二两银子,拿起白玉簪子,提着柳师爷上了马。

马儿一路绝尘,直奔临江县那一方小小的清水县衙。

"其实,你钱给多了!"柳师爷指了指司捕头空空如也的钱袋子。

"嗯!"司捕头下巴刚好杵着柳师爷的头顶上,心不在焉地回答。

"再者,你气质威严,面相凶煞,这白玉簪着实不合适!"

"没说我要戴!"

"不戴还买,莫不是看上了哪家姑娘?"

"你怎么什么都管!"司捕头说罢,不耐烦地将那簪子往柳师爷头上歪歪扭扭地一插,末了还不忘嘲讽一句,"真丑!"

柳师爷像只暴跳如雷的兔子:"你才丑!你九族都丑!丑绝人寰!"

"司玄凌,我柳某人在此发誓,再同你共乘一骑,便让我这辈子娶不上媳妇!"

县衙门口,脸色苍白的柳师爷抱着大榕树大吐特吐。

"关我屁事!"司空凌胸前抱着大砍刀,冷漠地站在一旁,看师爷大吐特吐。

"你……呕……还有没有点儿……呕……良心!好歹我二人……呕……同事……呕……一场!"

"说的也是,我司某人绝非占人便宜的鼠辈!"

司玄凌搓着下巴做思考状,过了一会儿道:"既然鬼杀符的线索你已经暴露了,为了公平起见,不如我也告诉你一条线索!"

呕……

这都哪儿跟哪儿啊!

不过有新线索,这倒让柳师爷求之不得!

只见柳衔月稳了稳翻江倒海的胃,直起腰身,刚还有点儿接地气儿,一瞬间又被打回原形,拱手道:"还请司捕头不吝赐教!"

司玄凌没好气地把那半片榕树叶放到师爷手上:"你看能看出什么门道!"

柳师爷接过树叶,仔仔细细瞧了又瞧,最后得出结论:"此叶颇具些风骨,雨季连绵,竟然还能独善其身,无暇如初⋯⋯"

"说人话!"司玄凌晃了晃怀里的大砍刀。

柳师爷一哆嗦:"就是没有招虫!"

司玄凌:"这就是你瞧出的门道?"

柳衔月:"如若不然,我还能问出它何时何地从哪株树上掉下来的?"

一语惊醒梦中人。

还真能!

今年雨水充足,大部分榕树都招了虫子,没招虫子的除非有捉虫的鸟儿在上面栖息。

俩人不约而同地举头望向衙门口那棵百年古榕。

不对呀,喜鹊窝呢?

哦,想起来了,被司捕头一声吼给震下来了!

俩人又不约而同地四处寻找。

找了几步,柳师爷忽听"咔嚓"一声,回头一看,原是司捕头踩着了点儿东西。

司捕头挪了挪脚,发现是几枚碎掉的鸟蛋,不远处便是被风刮走的喜鹊窝。

柳师爷上前,看着那黏糊糊碎成渣渣的鸟蛋,若有所思。

"你这是⋯⋯在超度?"司玄凌不解地问。

"非也,如是我想,现在是不是又到了万物复苏,众生交配的季节!"

"你发什么情,这是深秋九月。"

"既是九月,那这喜鹊窝上,缘何惊现鸟蛋呢?"

是啊，缘何呢？

两人面面相觑，对着那摊碎成糊糊的鸟蛋各自陷入了沉思。

08

"喳喳喳！"操劳了一天的喜鹊妈妈飞回来，却不见了孩子，顿时焦躁地叫唤起来。

司玄凌从地上捡起一枚石子，听声辨位，看也不看直接掷了出去。

接着便听一声惨叫，大喜鹊呜呼哀哉，扑棱着掉了下来。

"死也，活也？"柳师爷跑过去拎着鸟腿问。

"晕也！"司捕头学着师爷的语调，没好气地回答。话音刚落，便见那鸟"噌"的一下又扑腾起来。

"我的个亲娘七舅老爷，吓煞我也！"柳师爷叫得比喜鹊都惨。

"二位大人在干什么？"问话归来的衙役刚回来，就见师爷被一只傻鸟吓得六神无主的模样。

"没，没什么！问话可还顺利？"为了掩饰内心的尴尬，柳师爷装模作样地理了理衣襟，迅速转移话题。

"顺利，相当顺利！"好在这群衙役在司玄凌的带领下也不太灵光，全然被柳衔月牵着鼻子走。

"哦？那你说说，都问出什么了？"

"恶鬼索命，绝对是恶鬼索命！"衙役们齐刷刷地回答。

柳师爷和司捕头互看一眼，就弄不明白，乱力怪神这套瞎话怎么就屡试不爽呢？

"那你再说说，恶鬼如何索命？"

此时，柳衔月，司玄凌以及一众衙役已经走进公堂之上。

"听金府的下人说，这金老爷前两日便印堂发黑，神情恍惚，身子骨虚得连走路都轻飘飘，就跟中了邪似的。"

"而且，自打上月十五开始，便时不时有起夜的丫鬟小厮们，瞧见书房内灯火忽明忽暗，窗户纸上还有鬼影闪过，张牙舞爪的！"

"对对对，这还不是最吓人的！"另一个衙役也不甘示弱，"最吓人的是哭声。前夜子时，金老爷书房突然传出女子凄厉无比的哭声，可惨了！足足持续了半个多时辰，整个金府的人都听见了！"

"不仅如此，还有胆大的爬起来顺着门缝儿偷看，大人猜他看见了什么？"

"总归不会是女鬼吧！"柳师爷似是早就预料到了。

那衙役一拍大腿："就是女鬼！披头散发，赤足如船，浑身是血，正鬼哭狼号地掐着金老爷的脖子呢！"

嘶，柳师爷故作一副惊恐的样子，问："可这女鬼好生奇怪，前夜到来，却在昨夜行凶，你说这是何缘故？"

"这……"衙役苦想了一会儿，答道，"或许是金老爷身形魁梧，女鬼对付不了，回家找帮手去了吧！"

"而且找的还是契族恶鬼当帮手，是也不是？"

衙役道："师爷您怎么知道？"

"自是因为金老爷身下压的鬼杀符，便是出自契族巫术！"

衙役们瞪着一双双无知的大眼："师爷真乃神人也！金府下人都说，北方大旱三年，金老爷乘机向契族高价售粮，以致契族贫民饿死。他这发的是不义之财，所以契族恶鬼才不远万里前来索命。"

衙役将在金府的所见所闻描述得绘声绘色，显然是被带入情节了。

"编得这般圆满，倒是煞费苦心！"柳师爷摇着折扇，转头看了看捕头。

"哼！我信他才是见了活鬼！"司玄凌十分不屑地白了师爷一眼。

"捕头师爷，您二人这是打什么哑谜呢？"有不算傻到底的衙役虚心求教。

"跟你没关系，别瞎打听！我让你办的事，你办了吗？"

那衙役得意得很："这个自然！"

而后他丝毫不顾忌师爷就在跟前，明目张胆地凑到司玄凌耳边，悄声道："金夫人玉足三寸整，标准得很，就是这脚形不太好看，后脚跟太粗！"

"脚跟太粗？"司捕头略一皱眉，已经有了思索。

"那我委托你偷偷办的事儿，可也办了？"柳师爷也问。

"办了办了！"那衙役像个狗腿子，刚还同捕头交头接耳，这会儿便又对师爷取宠献媚。

只见他悄悄从怀里掏出一本沾血的书册，交到了柳衔月手里。

反正这玩意儿交给捕头，他也看不懂。

柳师爷接过，点了点头道："嗯，此间已无他事，尔等自行散了吧！"

"捕头，行吗？"

众衙役看向司玄凌。毕竟按实力来讲，这半年一直是捕头当家。

司玄凌点了点头："别跑太远，随时待命！"

"谢捕头！"

司玄凌一松口，众衙役欢天喜地作鸟兽散。

"哎，好生奇怪，他们缘何不来谢我一声？"柳师爷摇着折扇面露疑惑。

司玄凌瞧他一眼："可能是觉得你不配！"

此后三日，柳师爷和司捕头各自忙得四脚朝天，但谁也不知道对方都在忙些什么。

眼见着明日金老爷就要下葬,这二人却还在卷宗房里点灯熬油。

"我已成竹在胸,这一局怕是要略胜一筹!"柳师爷看着前六任县令的卷宗,难得在捕头面前硬气一回。

"无妨,大不了揍你一顿,只要半年起不来床,这县令一职还是会落在我头上。"不远处的司捕头正埋头研究他师父留下的武功秘籍,一副武痴模样。

"你人品尚可,断不会行此卑鄙行径!"柳师爷自认十分了解眼前这块大智若愚的木头,自信满满地回答。

哪知,司玄凌冷冷地回了一句:"那得分跟谁!"

"好吧!"柳师爷悻悻地收起折扇,拖了把吱吱扭扭的椅子凑到司玄凌跟前,道,"不过为了以防明日有人临时改口,我觉得有必要把各自认为的凶手提前告知对方!"

"怎么告知,你说!"司捕头觉得还是师爷想得周到,便放下秘籍问。

"莫不如就写在手心,同时摊开,可好?"

"好!"

说罢,二人各拿了一支狼毫笔,一个去了东南角,一个去了西北角,鬼鬼祟祟窝窝藏藏,看着反倒像两个夜闯官府的贼人!

"写完了?"柳师爷问。

"有个字不会写,我用图画代替了!"司玄凌一副"我没文化,但我依然很拽"的模样。

"一,二,三⋯⋯"

"金夫人!"

答案一模一样,这⋯⋯可如何是好?

07

"那我们便比一比谁先抓到凶手,你意下如何?"柳师爷问道。

"怕你啊,放马过来!"司玄凌也不甘示弱地回答。

次日清晨,金府上下一片缟素,吊丧的显贵坐了满满一个厅堂。

金夫人身披麻衣,已然哭晕了好几场,但她是个大家闺秀,即便如此也没失了大户人家该有的仪态和排场。

只不过令她万万没想到的是,丧礼还没办完,她便被一众衙役押走了。

"你们这是干什么,我家老爷还没入土,就要欺负我一个妇道人家吗?"

公堂之上,金夫人气焰十分嚣张。

"死到临头还敢跋扈,来人啊,大刑伺候!"司玄凌抱着大砍刀断然喝道。

"大人这是要屈打成招?"

"那又如何?你们契族杀我百姓,毁我家园,打你算便宜你了!"

一提起国仇家恨,司捕头的满腔热血便毫无理智地沸腾起来。

"契族?大人这是欲加之罪,何患无辞?"金夫人与司玄凌四目相对,倒是坦荡。

"还敢嘴硬,师爷,让她死个明白!"

作壁上观的柳师爷突然被叫到,指着自己的鼻子:"为何是我?"

司捕头压着一腔怒火道:"我怕自己忍不住当场行刑!!!"

"这……"

柳师爷稍做迟疑,司玄凌立马晃了晃怀里的砍刀。

"这……还得从前六任县令之死说起!"柳师爷折扇一合,侃侃而谈,"事关六任县令之死,我与捕头一直暗中调查,却始终毫无头绪。原因有二,一是找不到杀人动机,二是凶手做得太过干净,没留下什么线索。可无独有偶,金老爷之死,却给这事儿撕开了一条口子。"

"什么口子?"众衙役一个个眼巴巴坐等吃瓜。

"莫急,莫急,且听我慢慢道来!"柳师爷继续道,"这几日我细细钻研了六任县令的卷宗,终于寻得一条始终被忽略的线索。"

"什么线索?"众衙役哏捧得极好。

"那便是每任县令遇害的前几天,要么刮过大风,要么下过暴雨!"

"您是想说各位县令是被风雨淋死的?"金夫人冷然一笑。

"非也非也!"柳师爷一双桃花眼眼波流转,所到之处皆染上一层辉光,"但风雨会刮掉门口榕树上的喜鹊窝,前六任县令,皆因发现了这窝中秘密,方被灭了口!"

"一只鸟窝,能有什么秘密,笑话!"金夫人颇有几分恃无恐。

"自然是你们契族细作的秘密!"柳师爷接着金夫人的话茬儿道,"最近三年,北方大旱,契族大片土地颗粒无收,国内饿殍遍野。由此你们便觊觎我中原富庶之地,撕毁契约,发动战乱。可行军打仗总得需要粮草!纵观全国,唯我临江县土地肥沃,物产丰饶,别说一支军队,就是养活半个契族,那也是绰绰有余的!"

说这话时,柳师爷脸上颇有几分得意之风骨。

"于是乎,尔族为了粮食,便差你假扮中原女子,嫁给本地最大粮商金老爷,是也不是!"

"空口无凭,说我是契族女子,可有证据?"

"这个自然!"柳师爷不紧不慢地走下公堂,将金夫人的手腕一提,道,"此手串乃契族坤常山白玉所制,此浮雕乃契族神鸟鬼车,我说的可有纰漏？"

"那又如何？我不过是觉得这玉石稀罕，图案好看罢了。"

"死不承认，来人，脱了她的鞋袜！"司玄凌见金夫人还在嘴硬，恨不能亲自提刀上阵。

"你们身为官差，怎可如此轻浮无礼！"金夫人下意识地将脚往裙摆里藏了藏。

"脱！"司玄凌一声令下，众衙役莫敢不从。

"斯文一点，要脱得斯文一点！"柳师爷站在一旁，几乎是在用生命阻拦司捕头替天行道的内心欲望。

金夫人被褪下鞋袜后，所有人都傻了。

三寸金莲，哪儿来的三寸金莲！

那分明是一双自由生长的大脚，且五根脚趾几乎等长，这分明是契族血统的象征。

原来那三寸金莲，不过是高高垫起的一方鞋跟。这金夫人平日皆踮脚走路，为了平稳，自然得垫宽厚一些，所以她的脚后跟才显得粗壮，身量也比寻常女子高挑。

"原是这个缘故！"那日偷偷丈量金夫人玉足的衙役暗暗惊叹。可转念一想，也真是苦了这女子，日日受这份活罪，脚掌都磨出了厚厚一层老茧。

"若我所言不错，金老爷死前一夜，书房中传出的凄厉鬼号也应是你？"说罢，柳师爷将金夫人的衣袖往上一撸，一道道手指粗的鞭伤赫然在目，有几道甚至深可见骨。

"他缘何打你？是因发现你做假账，暗中却把粮食转让给契族军队？"柳师爷一边问话，一边将上好的金疮药粉轻轻撒在金夫人伤口上，动作极其温柔。

金夫人行凶不假，可说到底也不过是一枚身不由己的棋子罢了。

金夫人看着柳师爷，睫毛微颤，眼中虽未见感激，却也不再守口如瓶："是，他不仅发现了假账本，还发现了我们的联络方式。所以他用鞭子打我，拼命地打我……"

"那金府下人所见，可是你情急之下，散发赤脚掐住金老爷脖子的画面？"

"没错，我当时以为已经杀死他了，可没承想，晕了一天一夜，他又醒了过来。这一回，如果我不杀他，便是他杀我！"

"这便对了！"柳师爷收起金疮药，又将折扇打开，"一切如我与捕头所料，你一刀致命，用的乃是契族武功。为了掩盖死因，便只好又补了三十几刀，直到把金老爷砍得血肉模糊，不成人样，是也不是？"

"不是刀，是剑！"司玄凌在一旁郑重地纠正道。

"捕头所言甚是，是剑！"柳师爷安抚似的朝司捕头点了点头，语调仍旧娓娓动听，"杀死金老爷后，你穿上金老爷的鞋子，倒着走出书房，出门后，再把鞋子往里一扔，做出是他挣扎之间脱落的假象。因此，这书房横竖只有一人的脚印，倒是十分方便你制造恶鬼索命的传言！"

"这，你们又是如何的猜到的？"

金夫人一番苦心算计，本以为天衣无缝，却不承想如此轻易便被人揭穿。

"只因你故意留在门槛下的脚印！你大抵以为这样可以误导我们的查案方向，却忽略了，那脚印前深后浅，还有拖痕，显然是小脚穿大鞋所致。"

"原来如此！"金夫人彻底折服，堪堪意识到，自己面对的是怎样心思玲珑的两个人物。

"哦，对了！差点儿忘了这个！"说着，柳师爷从怀里掏出一本沾满血污的账本，"你弄得满书柜都是血迹，该是为了掩盖它？"

金夫人脸色一沉："你们怎么找到的？"

柳师爷微微一笑："闻！"

"闻？"金夫人面露疑惑，显然不知道该怎么"闻"。

柳师爷继续极有耐心地解释："金老爷书房并无笔墨，却有溪良墨的墨香。这种墨添加草药，防虫防腐，用来记账，可保存几百年。于是我便偷偷吩咐问话的衙役，仔细搜了一搜。若我猜得不错，这账本中便藏着你偷运粮食的证据吧！"

金夫人死死盯着师爷手中的账本，确定已被血污浸透，这才敢有恃无恐地回答："是又如何？反正这账本看不清了，没有证据，你们便定不了我的罪！"

"此话不假！"柳师爷重重地叹了口气，"不过万幸，我们还捉到了一只鸟！"

40

司捕头配合着师爷一招手，两旁衙役便配合着司捕头拎过来一只鸟笼子。

笼子里关着一只体色黑白，形如喜鹊的鸟儿。

"我族有句古话，大隐隐于世，尔族倒是活学活用，竟把联络点安插在衙门口这等显眼之地！"

金夫人已然换了脸色，眼神亦不由自主地闪烁了起来："可笑，一只喜鹊，也能当证据？"

"你确定这是喜鹊，不是你们契族训练出来的信鸟，鬼车？"

柳师爷看了眼笼子，故作疑惑状。

金夫人一口咬死："不是！"

柳衔月仍旧折扇轻摇："好吧，你既不认，我便只能找个懂契族文字的人，将鸟蛋上的纹路破译一下了！毕竟这上面的纹饰，可是同鬼杀符出奇地相似。且我听说鬼车还有衔卵归家之习。"

说着，柳师爷从怀中掏出几枚浑圆的鸟蛋。

金夫人一看大事不妙，那鸟蛋上恐刻着契族的军事机密，消息一旦泄露，便是灭国之灾。

一时间，她已乱了阵脚，挣脱两旁衙役，冲上前一把夺过鸟蛋，囫囵个吞了下去。

"这……"柳师爷看着空空如也的手心，问，"味道如何？"

"怎么会是咸的？"

"只因这就是三枚普通的喜鹊蛋啊，如今又不是喜鹊的繁殖季节，我何处去寻新鲜的！"

"你们诳我！"金夫人有些气急败坏。

"这也是无奈之举，谁让那三枚鬼车蛋，被某人一脚扼杀在了摇篮里。"

柳师爷一边说，一边眉眼含笑地去看司捕头，但见他脸色铁青，哑口无言。

金夫人一看自己的身份已然暴露无遗，便想来一出鱼死网破。

此时，柳师爷与她近在咫尺，又毫无防备，简直没有比这更好的机会。

只见她趁司玄凌不注意，忽地从腰间抽出一柄软剑。

剑刃薄如蝉翼，却见血封喉，便是要了金老爷命的那一柄！

"亲娘七舅老爷，救命啊！"柳师爷一介书生，哪见过这等场面，当即吓得面色惨白。

"放我走,否则我杀了他!"金夫人道。

司玄凌丝毫不为所动:"要杀快杀,你杀他我杀你,杀完正好当县令!"

"司捕头,你我好歹共事一场,断不至于吧!"柳师爷哆哆嗦嗦道。

"至于!"司玄凌冷着一张脸回答。

"既然这样,那我便不客气了!"说着,金夫人将剑刃勒进了柳衔月的脖子。

柳衔月细皮嫩肉娇生惯养,哪受得了这个罪,当即哇哇乱叫。

司玄凌几乎把指甲扣进了血肉里,周身镀上一层凛冽的冰霜,隐忍了许久,眼见着那剑刃就要割到动脉,终于忍不住挤出两个字:"住手!"

金夫人笑了,她就知道,这二人其实是心和面不和。

"司玄凌,我以为你该知晓我心意!"柳师爷失望地叹了一声,这档口,他发哪门子善心。

"我知晓!"司玄凌握了握刀柄,那柄大砍刀曾饮血无数,但杀的都是穷凶极恶之徒。难道今日,真的要染上同僚之血吗?

"把刀放下,否则我马上杀了他!"

司玄凌抬头,目光犹如万古寒刀,凌厉至极:"我知你心意,可我……做不到!"

司玄凌咬着牙齿,仿佛下了极大的决心,顶着无尽的屈辱,缓缓将刀扔在一旁。

自打六岁习武,至今二十载,他向来刀不离身。

师父说，刀在人在，刀亡人亡。

可今日，为了柳师爷，他必须把刀放下。

只因那人与他少时相遇，共事七载，虽横竖看着不顺眼，但不得不承认，那人是暗黑官场上的清风袖，肮脏泥沼里升起的白月光，亦是……

他唯一的朋友。

"把他绑起来！系死扣儿！"金夫人喝令道。

这……

一时间情况急转直下，衙役们早已没了主心骨。

"绑！"司玄凌岿然而立，看向两旁，声音不大，却自有威严。

"是！"总算有几个没傻到底的，拿起了绳子。

本以为糊弄糊弄也就罢了，谁知金夫人狡猾得很，瞬间看出绳结不对。

"绑严实点儿，打双环结！"

"听她的！"司玄凌道。

"司玄凌！平时揍我那威风劲儿所去何处？区区一个契族小贼就把你吓得缩手缩脚？我当真高看了你，还同你竞争什么县令之位。我看根本不用争，你不配！"

柳衔月一张嘴就跟连珠炮似的，根本停不下来。大概是想把这么多年受过的欺负都趁机一并还了。

司玄凌内心隐忍，拳头发白，嘴上一声不吭，心里想的却是："这事儿了了是该好好揍一顿了，这才几日不打，怎么也学会上房揭瓦了！"

直到衙役们把司玄凌里三层外三层地绑成个粽子，金夫人才放下心来。她功夫不算高，可对付这几个虾兵蟹将还是绰绰有余。

只要司玄凌被制服，她便可以脱身。

这时，只听金夫人一声口哨，衙门里冲进来一匹汗血宝马。

金夫人蹚着柳衔月踏马而去，留下一屋子六神无主的家伙。

"司捕头，我这就给您解开！凭您的青骢狮子马，肯定追得上！"衙役们纷纷上前。

哪知司玄凌脸上毫无焦急之色："不急，师爷刚才骂我骂得这么爽，让他多颠一会儿也挺好！"

"司捕头，您可不能为了区区县令之位，弃师爷生死不顾啊！"

"滚，我是这种人吗？"

"不……一定！"

"怪不得师爷说你们是棒槌，难道没看出来，我和师爷在演戏吗？"

说罢，司玄凌暗自运力，那里三层外三层的绳子瞬间便像被放久了的面条一样，四分五裂。

"司捕头，凶手都抓住了，您和师爷为何还要演戏啊？"

"为了引出同伙！"

"您怎么知道她有同伙？"

司玄凌俯身捡起师爷掉下的折扇，小心翼翼地吹了吹上面的尘灰，道："因为师爷说，六任县令死得干净利落，金老爷却死得漏洞百出。"

"这又是为何？"

"师爷说，这叫操之过急，画虎不成反类犬！"

"哦！"众衙役恍然大悟。

"可这也不能说明她有同伙啊！"

司玄凌不是个多话的人，却又不得不给这群棒槌解释："师爷说，其一是因为前六任县令身上是刀伤，伤口深而平，显然用刀之人内力深厚，武功高强。而金老爷身上的是剑伤，伤口浅而卷，分明是凶手功力不足,所以凶手绝非同一人!"

"那其二呢?"

"其二是六任县令身下的白石产自三星山,金老爷身下的却是产自坤常山。说明金夫人行凶之后,根本没时间去找相同的石头,只能用价值连城的白玉代替,这才露出了马脚。"

"可金老爷死前,明明一副恍恍惚惚鬼附身的样子呀,这又怎么解释?"

"师爷说是饿的!"司玄凌回答。

"饿的?"

"嗯,如果你是个两百斤的胖子,每天只吃青菜叶子,会不会身子发虚,头昏眼花?"

"这……倒也是!"

"那为何六任县令和金老爷都死状诡异,嘴角带笑呢?"

"师爷说因为他们死前都想说同一个字。"

"什么字?"

"契!"

师爷说所有人在发出"契"这个音的时候,都会面带微笑,而他笑起来的时候,可要比一脸严肃的样子好看太多。

"哦,原来都是师爷说的!"众衙役频频点头,可转念一想,"那捕头您都干了些什么呀?"

"我配合师爷演戏!"

"可师爷很弱哎,您就不怕他真被那个女人咔嚓了?"说着衙役们做了个抹脖子的动作。

"我教了他两招,关键时刻尚可自保!"司玄凌说完,重新拾起地上的砍刀,看了看天色,道,"走,随我去救师爷!"

"兄弟们，抄家伙！"

衙门外，司玄凌骑上青骢马，已然将一路连跑带颠儿的衙役们远远落在了后面。

柳衔月，你可千万别有事。

别忘了，你还欠我一顿揍呢！

12

烈马长嘶，一骑绝尘。

沿着柳师爷一路暗暗留下的记号，司玄凌马不停蹄。

果然是三星山方向。

那三星山的道士让金老爷吃素，想来杀他一事应该早有预谋。只是没想到金老爷提前撞破他们的秘事，金夫人情急之下，才不得不冒着暴露的危险，亲自动手。

等到了三星山脚，已是夕阳西下，残阳如血。有状似喜鹊的鬼车鸟掠过头顶，长鸣两声，响彻苍穹。

司玄凌施展轻功上山，发现沿途有血迹，心头愈发没来由地慌乱起来，加紧了脚步。

"为了这个磨磨叨叨的书生，你还真敢来！"

山巅之上，悬瀑之巅，一老道用拂尘勒着柳衔月的脖子，捻须而笑。

他的身旁，是手持软剑的金夫人。

"手足有难，怎可袖手！"

"只你一人？"

"足矣！"

"小小年纪，好大口气！"

"聊不来，看刀！"

司玄凌先发制人,风驰电掣间,刀锋已经将老道包裹。

老道感觉身边有阵阵凉风掠过,将柳衔月往金夫人身边一推,拂尘散开,化作白光万千,朝司空玄凌飞来。

原来这浮尘中暗藏锐刀。

司玄凌大意之下,肩膀竟然被划伤。

柳衔月看在眼里,疼在心上:"躲呀,快躲呀!"

简直聒噪得很。

司玄凌百忙之中,还要甩过去一个"你闭嘴"的眼神。

百十来招儿过后,司玄凌大概已经摸透了契族刀法的套路。再加上昨夜看了大半宿师父留下的武功秘籍,心中已有制胜之法。

"拿命来!"老道长刀一甩,直奔司玄凌面门。

司玄凌没有硬接,反而闪到老道身后。而后将内力灌注于刀身,用刀背朝着老道的右肋狠狠一击。

契族武功,重力不重巧,重外不重内。因此就算功夫再高,也抵不住内息心法。

"接着!"

不等老道恢复过来,司玄凌又是猛地一脚,把他踹给刚刚爬上来的衙役们。

衙役们早就备好了绳子,一拥而上,用刚才绑司玄凌的手法,将老道绑了个严严实实。

金夫人一看情况不妙,好在她手中还有柳衔月这张底牌。

只是她不曾想到,柳衔月身为读书人,狠招儿没有,损招儿倒是层出不穷。

就在她打算将柳衔月当成肉盾之时,柳衔月反手朝她脸抓去……

揉了两把之后,又用尽全力踢向她的屁股。

"我是这么教你的吗？丢死人了！"

司玄凌手扶额头，感觉实在是有点儿辣眼睛！

"你管我丢不丢人，好用不就行了！"柳师爷一边说，一边撸着袖子朝司玄凌身边扑，跟只被狗撵的兔子似的！

司玄凌一把接过俯冲而来的师爷，又一刀鞘打了金夫人一个四脚朝天。

柳师爷惊魂未定，拍着胸脯道："我的个亲娘七舅老爷，此间县令着实太难胜任，我惜命，打算拱手相让！"

司玄凌用那只没受伤的胳膊揪着柳师爷的脖领子："你觉得我一大字不识几个，连状纸都看不懂的武夫，能担得起这个职位吗？"

这厢凶手还没全然伏诛，那厢两位又吵起来了。

直到把老道和金夫人完全制服，直到众人一路走到山脚，直到夕阳收起最后一抹余晖，繁星点点挂上天空，这俩人还在就谁当县令一事吵个没完。

"糟了！"吵着吵着，柳师爷忽然一拍脑门。

"又怎么了？"

"我是不是发过毒誓，日后再同你共乘一骑，就一辈子娶不上媳妇儿？"

"哦。"司玄凌悄悄运力，把一点也不老实的师爷死死按住，"可这……关我屁事！"

江沐的目光从卷宗满满一页的文字上扫过，
脑海中完整录入的，
却只有钟辞的声音和一段青佛手柑的气息。

Remember you

记忆犹新

欲书花叶/Text

桀骜不驯张扬实习生 × 严谨认真清冷法医

记忆犹新

文 / 欲书花叶

欲书花叶，退役魔法少女，贩卖可爱。

01

"江沐。"DNA 室的门被人从外轻轻地扣了两下，"实习生到了。"

江沐从实验台上的检测仪器前抬起头，他没放下手中的试管，而是稳稳地把样本安置妥当后，才朝着声音的方向看去。

"实习生？"

玻璃门外站着三个人，最高的一人穿着黑色衬衫，衬衫下的腿很长，英俊的眉眼压不住锋利的目光。迎上江沐的视线时，他挑了下眉，打量了回来。

"这是钟辞，也是白教授的学生，大五年级，算你的师弟吧。"同事连忙介绍，"最近病理这边是不是缺人？"

钟辞。

江沐的脑海中，闪过了关于这个名字的一系列资料。

钟辞，22 岁，家住城西区。去年 3 月 17 日，他去新校区做研究成果汇报时远远地见过一回。那天有风，下了细雨，白教授指着

102教室里一个戴着耳机的学生对他说:"这孩子和你一样优秀,但心气太高,可能留不住。"

江沐尚未开口,钟辞有些吊儿郎当拖着音调的声音就先插了进来:"我可不想做病理鉴定。"

江沐闻言微微眯了下眼睛。

病理这块涉及尸检,时常还要去现场,又苦又累,实习生不乐意也正常。

"不缺闲人。"他面无表情地给出了自己的回复。

DNA样本检测仪的显示屏上弯弯曲曲地吐出了几道波浪线,江沐收回目光,专心去看对比结果。

三个人被晾了近两分钟,同事见江沐不再说话,主动开口打破这尴尬的气氛:"那,那你先忙,我让他们在办公室里等安排。"

说完领着两人离开了。

江沐的办公桌很干净,法医常用的专业书籍和笔记本他一个都没放,备忘录也是崭新的。

要不是桌上搁着一份右下角有"江沐"二字的文件,钟辞差点以为,这是张无人使用的空桌。

"你江师兄好像很厉害,听说他从本科时就开始给白教授做司法解剖一助,现在已经可以自己主检了。"一起过来实习的朋友楚非说,"只是……他是不是不大喜欢我们?"

回想起刚才在实验台前眸光低垂的人,钟辞"嗯"了一声。

他不喜欢故作高冷的人,尤其是徒有虚名者。

他的眼前还是刚刚的江沐,那身白大褂有些宽,套在江沐的身上，显得有些空阔，越发衬得那人清瘦挺拔。

那会儿江沐的视线刚好从他的脸上瞥过，慢慢地沉在空气中的某个点上，像是在思索，显得有些难以接近。

A大法医学生每年实习的去处有很多，只有名列前茅的一两个才会进市局，既然钟辞能来这里，那么他比江沐也差不到哪儿去。

他原本只想找个轻松点的工作，拿学分走人。

可江沐的态度，像一根柔韧的柳条，莫名地在他的心上抽了一道，生生地疼，还有些咬牙切齿的痒。

钟辞张狂惯了，有什么话也不藏着掖着。

"你刚看见他的样子了吗？"他的视线扫过干净得离谱的办公桌，语气不自觉地就有点轻蔑，"长得那么漂亮，指骨关节那么细，他能拿解剖刀吗？"

好巧不巧，江沐这时带着检测结果报告推开了办公室的门，扫了眼他俩拿在手里的实习申请表。

楚非刚听了一耳朵不该听的，也不知道江沐听了多少，顿时打了个激灵。偏偏钟大少爷还跟个没事人似的占着桌椅，手肘撑着桌面，不仅不怵，还好整以暇地期待着对方的反应。

江沐忽略了这动作里明显的挑衅，目光略过钟辞，在他手腕上那块名牌表上停顿了一秒，心中了然。

他态度更加冷淡地说："钟辞和楚非是吧，你们这段时间在市局的实习由我负责。除了病理，这边暂时没什么缺人的地方，你们去物证那边打杂吧。"

钟辞绷不住了，激动得站了起来："打杂？"

江沐这才发现，这实习生不只是看着高，凑过来的时候也比他高出半个头，像是养尊处优惯了，靠近的时候举手投足间都给人一种压迫感。

他平静繁忙的生活里最不喜欢不确定因子。

"就是说,你们的实习分由我来评,所以请你配合一下。"他三言两语决定了这两人的去向。江沐略微皱了下眉,担心对方没理解,还耐着性子解释了打杂这个名词,"就是打印文件和整理物证,很轻松的,不难也不累。"

他刻意强调了那个"轻松"。

钟辞看着江沐在实习生注册系统上填写信息,江沐没问他们要个人信息,修长的手指敲击着键盘,输入了他的名字和生日,他正要问,江沐又切了张表格,依旧准确无误地填好了楚非的信息,选了物证科,再提交。

"还有事?"江沐轻轻抬起眼睛看了他一眼。

钟辞觉得自己被打发得很彻底。

不近人情、专断,这是钟辞对江沐的评价。

江沐说的打杂没有半点水分,整整一个月钟辞都坐在电脑前打印文件——物证组的几个科员对他的家庭背景略有耳闻,几乎不给他安排复杂的工作。

钟辞实习得很舒服,这和他的初衷并不违背,但他却逐渐觉得憋屈。钟少爷摇摇欲坠的自尊心,在江沐让科员甩给他一个水壶让他浇花之后,终于"噼里啪啦"地摔碎了。

钟辞从不过分委屈自己,所以他挑了个早晨,在样本室里堵到了江沐。

江沐正捧着一个泡满福尔马林的玻璃瓶往柜子里放,一回头瞧

Remember

见了气势汹汹的钟辞。他听到对方叫了自己的名字,只是小幅度地点头,脸上没有任何情绪。

这似乎惹怒了钟辞,江沐被一步步逼到了角落里。

江沐不欲和他争论,转身要走却被钟辞一把抓住了手腕。

他挣动了两下,没挣开。

"我不想打印会议记录,也不想照顾花草。"钟辞硬生生地说,"我不是来混学分的。"

江沐的后背贴着墙,手腕受制于人,隐隐还有些疼,他终于从面前这人愤怒的表象下感知到了一丝丝委屈。他想了想,给了个自认为折中的处理方案:"那你去打印司法鉴定书?"

只是换了个打印的内容,本质还是打杂。钟辞拧紧了眉毛,迫于教养没骂出声,摔了江沐的手腕,转身走了,带起的风从江沐的脸颊上擦过。

路过的同事看着好笑,对江沐说:"这个小朋友跟你是不是不太对付?可能你需要好好跟他沟通一下。"

"或许吧。"江沐说,"但没必要。"

他对实习生闹情绪这件事表现出了肉眼可见的心不在焉。

他们这行最终能留在一线的人并不多,虽然白教授说过钟辞很优秀,但有少爷脾气的人是很难适应环境的。等过了实习期,刷满了学分,钟辞就会走,和他再无交集,因此他也不想花太多心思在对方身上。

然而没过傍晚,钟辞又来找他了。

江沐刚完成一台解剖，摘了蓝色的一次性隔离帽，额间的头发有些湿。

钟辞把一份刚打好的司法鉴定书拍在了他面前的办公桌上，把邻桌的同事吓了一跳，只当这少爷又来找碴了。

这是下面西区送来备份的一封鉴定书，是一起很小的交通事故，伤者想拿点赔款，肇事者酒驾，心虚至极主动提出赔钱，是一桩差不多已经板上钉钉的赔偿。

偏偏钟辞看出了点不一样的东西。

"我看了一下图片，伤者的面部、肘部有大面积擦伤，手臂骨折。"钟辞把图片推过去时，余光扫过江沐的手腕，那里留了浅浅的红痕。

"轻微按压伤"，他的脑海中不合时宜地飘过了一个专业名词，致伤原因是手指抓握，来源是——早晨怒气冲冲的自己。

他略微走了神，江沐的指尖轻轻地扣了下桌面，示意他继续说。

"伤者吴某的手臂上，有一道淤青，形状长而窄，对应手臂骨折的位置，像是棍棒打击伤，不像是这起车祸造成的，但这份鉴定结果，把这个归给了车祸。"钟辞说。

江沐在看图片，钟辞说的淤青掩盖在大片的擦伤中，不仔细看的确看不出什么。小鉴定所的水平不够，只验了伤，没细追来源。

"我刚问了，酒驾无论怎样都得赔偿，不值得同情。那酒鬼有钱，打算私了，这就是个记录，不用多计较。"追过来的楚非怕钟辞再惹恼江沐，赶紧说，"我们这就走。"

"不。"钟辞站着没动，冲着江沐的方向微抬下巴，在等他的反应，"怎么处理是他们的事情，但法医只负责还原事情的真相。"

办公室里的空气有些凝滞，钟辞找的是江沐，所以一干人都在等江沐的反应。

"嗯,让他们重新提交一份。"江沐说。

专业能力强是一回事,被人认可又是另一回事,钟辞本着挑刺的目的想给江沐找点麻烦,没想到江沐只是一副公事公办的态度,甚至还支持了他的看法,这给钟辞的感觉就有些微妙了。

这让他觉得江沐或许并不讨厌他,只是性格使然。

江沐把桌上散着的文件揽好,俨然是钟辞拿过来时的摆放顺序,见他仍打量着自己,抬眼问:"还有事?"

钟辞忽然有点挫败感:"没事了。"

"嗯。"江沐点头,给他指派了新活,"去把样本室收拾一下,你可以下班了。"

样本室外的窗台上有十来个盆栽,大大小小,摆得没什么规律,钟辞前两天看着难受,按个头把它们排了一遍,结果第二天又乱了回去。钟辞被激起了斗志,给乱糟糟的盆栽拍了照,再次排好了顺序,结果今天……又变回了最开始的模样。

从上午到现在,到过样本室的,似乎就只有江沐。

这人有什么毛病?

江沐刚要把脱下的白大褂叠好,外面传来了沉重的脚步声,他看到技侦科的人抬着一个沉重的袋子向解剖室走去。

临时又有了工作。

已经过了下班的点,刚刚路过的同事要去接孩子,急着下班,江沐说:"我来吧。"

他指了指在门口张望的钟辞:"你,过来拍照。"

"实操过吗？"路过样本室的门时，江沐掀了下眼皮。

"当然。"钟辞底气十足地说。

因为这口底气，钟辞成了这台临时解剖的一助。

他刚要拿记录本，江沐却淡淡地说："不用。"

他挑了下眉，看江沐穿好浅蓝色的一次性隔离衣，白皙修长的手指藏进了手套里，对着解剖台鞠躬后，冲他伸手："解剖刀。"

江沐的手法很熟练，半点没迟疑。

这是操作过许多次后表现出的熟稔，钟辞心想，他先前对江沐的判断有失偏颇。

房间里只有江沐的说话声："死亡时间9小时前，颈部皮下出血点较少，脑后有三处钝器伤……"

他在根据病理结果做侧写。

没有人在做记录，钟辞仅迟疑了一瞬就意识到，江沐是在说给自己听，在教自己。

先前对他那么不屑，现在又把自己当作小白来教，钟辞听着就有些不服气。

江沐："无打斗伤，凶手力量较小，推测为……"

"推测为熟人作案，致死原因为钝器伤后的机械性窒息，女性凶手。"钟辞打断了他的话，直接给了侧写结果。

江沐那双颜色偏浅的眼睛终于有了点动静，打量了他一圈，"嗯"了一声，不再做解释。

见他依旧是油盐不进的反应，钟辞心里莫名有点堵。

结束后钟辞换完衣服，发现江沐坐在电脑前，已经整理了完整的记录，在没有任何纸面记录的情况下，分毫不差。

记性还挺好，钟辞又想到了窗台上那十几个被反复还原的盆栽。

"辛苦了。"见他出来,江沐说,"下班吧。"

"江师兄。"钟辞没走,双手撑着桌子,自上而下地盯着他,像是想从这人身上盯出点有趣的反应,"今天加班有补贴吗?"

"公费没有。"江沐说。

钟辞:"那私人呢?"

江沐把嘴巴抿出了一条平直的线,显然是听懂了这句话里的挑衅和揶揄。

"板着脸干什么,我缺你那点加班费吗?"钟辞又说,"但我也不白干活,不给点甜头,就别想使唤我了。"

那瞬间,钟辞觉得江沐脸上的神情生动了不少,似乎是没遇见过这么硬的茬儿。

他终于扳回一局,有些得意。

钟辞的这份得意大约只持续了 12 个小时。

第二天是实习生的休息日,9 点的时候,钟辞穿戴整齐,刚和他那群狐朋狗友凑到一起,就接到了江沐派人打来的电话,说是要带他和楚非一起出现场。

警车呼啸着把钟辞接走,剩下他的几个朋友面面相觑。

"我们明明是临时工。"楚非小声说,"也要跟着出外勤吗?你师兄是不是在给你穿小鞋?"

"最近缺人……"钟辞刚说一半,卡了一下。

他意识到自己在帮江沐解释,这不应该。

说到穿小鞋,昨天下班的时候,他还真招惹了江沐。

江沐坐在副驾驶上塞着蓝牙耳机,半闭着眼睛,对车后座两人冲天的怨气置若罔闻。

直到右耳的耳机被人摘下,江沐睁开了眼睛,一只手在他的右肩上重重拍了两下。

"江师兄。"钟辞漫不经心的声音很有辨识度,"今天这加班是你预谋已久的安排,还是意外?"

钟辞刚从外面被捞过来,衣服都没来得及换,手腕上还带着点男士香水青佛手柑的气味,那气味随即沾了江沐的衣领上。

这话问得直接,就差没把"你是不是故意针对我们"写在脸上了。楚非吓得不轻,生怕钟少爷再继续说下去,以后的日子就更难过了。

"坐回去。"江沐面无表情地回了一句,并没有接他的话。

现场的情况不太好,楚非刚下车就捂着嘴去一边吐了,技侦科的同事今日在忙另一桩案子,过来的只有他们几个。

江沐却仿佛是见惯了,没什么反应,他走过去,蹲下身查看。

钟辞看着他的背影就想到了昨天,无影灯下执着解剖刀的江沐,他的睫毛颜色如墨,越发显得眼瞳的颜色有些浅,看人的时候天然的就带了冷清,让人不由自主地觉得这人挺傲。

钟辞狂放惯了,见不得有人在他面前拧着,他皱了下眉,推开面如菜色的楚非,也披了身隔离服,拿了物证袋去收集水泥地上的衣服纤维。

"死者身高一米八,男性,死亡时间在三天之内,胸前有一处致命伤,由双锋锐器造成,有点像改锥……"江沐在做简单侧写,他想查看死者背部的情况,戴着橡胶手套的手推了一下,尸体有点沉,没有推动。

警员忙着写侧写记录,江沐换了个角度又试了一次,还是没成,他目光沉了沉,打算再试一次。

草地上投出了一片阴影,钟辞蹲下来,轻松完成了翻面:"江师兄那么厉害,也有做不好的事情啊?"

这话问得就有些不讲理了,满是挤兑的意思。

警员停了笔,感觉到了这两个人之间的暗潮汹涌。

楚非远远地看着,打了个惊颤,钟辞平时少爷脾气还爱干净,衣服沾了点雨水都要重买,今天怎么这么积极?帮忙就帮忙,他还非得刺上一句。

江沐检查了死者后背的情况:"脖子上有勒痕,后背无明显伤口,衣料有拖行痕迹,这里……"

钟辞习惯了他对自己的爱答不理,抢了江沐的话:"附近滴落状血迹有单边毛刺,运动轨迹朝向二楼,这里不是第一案发现场。"

江沐没计较刚刚那句顶撞,有人能跟上自己的节奏,并不是件坏事。

几个人寻着踪迹往旁边走去,在独栋出租屋二楼的房间里发现了第一案发现场,房间的地面上散落着不少东西,墙面上有大量的喷溅状血迹。江沐拉了几道定位线,利用血迹的轨迹找出血点。

死者的致命伤在胸口,出血点的位置却很低,高度与普通人腰部位置等同。

江沐想了想,转头看钟辞:"你掐一下我的脖子。"

钟辞正在学习他测量出血点的方法,没想到还能接个任务:"啊?我?"

"嗯。"江沐点头,"你单手从后面卡住我脖子,制住我,把我往前压,试试。"

案发现场情景模拟。

这个钟辞是知道的，但没想到江沐会找他。

见他不动，江沐又问："不会？"

钟辞摘了手套，站在江沐的身后，回想着刚才的侧写，单手卡在了江沐的后颈上，一手横在他的小腹前，施力的同时把人猛地一推搡。

钟辞："可以学。"

江沐没想到这人该推的时候不推，推的时候这么突然，立刻被推得弯下腰去，胸口的位置逐渐与测算的出血点位置重合。

"可以了。"他的气息略微有些乱，这让他的声音听起来没有平时那么冷，"推测……凶手为一米六左右的矮小男性，不知道出于什么目的，锐器伤人后，在这里压着受害者弯腰，所以出血点位置测算出来才会很低。"

钟辞盯着自己刚刚撤回的手，有些出神，刚刚留下的皮肤触感还没有消散。

因法医判断的案发时间为 23 日，这起案件被命名为"2·23 出租屋杀人案"。市局很重视这个案件，25 日当天就开了讨论会。汇报是钟辞做的，江沐换了身白大褂，坐在长方桌边看文件，偶尔做补充。他低头时，钟辞的目光就不由自主地往那边飘。

钟辞在想，他刚见江沐那天的"狂言"并非完全错误，至少江沐确实英俊，只是他超乎常人的冷静与极强的专业能力时常让人忽略他的长相。

钟辞的汇报就很炫技，他开口就是一连串的专业术语，时不时还能抛出几个英文单词，隔行如隔山，技侦科的同事听得入迷，但刑侦科的几个警员就有些云里雾里，好在江沐偶尔会抬头解释一二。

"我记得三年前有个类似的案子，改锥伤人未致死，是……"一位警员说。

"可参考去年1月9日私仇行凶的案子，案发时间是上午7点41分，凶器是改锥，杀人未遂，伤者住址是东区天梦花园1单元901，凶手是……"江沐没抬头，随口报了串案件信息。

钟辞面上不露分毫，心底却有些惊骇。

被完全还原摆放顺序的盆栽，江沐空荡荡的办公桌和空白的备忘录，无纸面记录的解剖以及刚才随口报出的具体到分钟的案件记录，如此种种，恐怕不是记性好就能解释的了。

江沐的声音稍有些哑，钟辞在想，他刚才打着休息日去现场不高兴的幌子刺了江沐几句，可江沐昨天其实也没怎么休息。

案件交给了刑侦科去查，江沐和钟辞刚回办公室，就撞上了鉴定科的人。

"小钟上次发现的交通事故鉴定问题，打回去让他们改了。"那人说，"不过当事人已经私了，给得挺多。伤者拿到钱很高兴，不想过多追究，还说想去国外走走，这事就到此为止没有后续了。"

对方说完便转身走了，言辞之间，像是对钟辞多管的闲事有点惋惜，好像所有人都觉得钟辞那天的坚持没有意义。

钟辞在想其他事情，对这结果没表现出什么太大的反应，只是心神不宁地应了一声，拖长了调子。

他这副模样落在江沐的眼里，就变成了可怜。平时桀骜不驯又不服管的钟辞，坐在办公室门口的长凳上，垂着头，像是备受打击，半天就叹了口气,连反驳的话都没闷出来一句。

"你没有错。"江沭走过去轻轻地说,"我们的工作是还原真相,哪怕真相微不足道。"

他抬起手,迟疑了一瞬,指尖触到了钟辞的发梢,轻轻地碰了碰,转身离开了。

钟辞错愕地坐在原地,脸上常见的倨傲神情崩得很彻底。他犹疑着抬手,摸了摸自己刚才被江沭碰过的头发。

江沭是在,安慰他吗?

这可能吗?

良久,他回了自己的办公位置,打开网页,输入了自己的猜测,最后搜索引擎给他的答案是——超忆症。

07

江沭的睡眠仿佛变好了,最近几天,他每晚闭上眼睛的时候,眼前没有再出现那些狰狞的现场,而是钟辞对他的各种挑衅,那股青佛手柑的气味也像是浸到了他的梦里。

他从小就能记住每天擦肩而过的人,也能记住各种各样的气味。每晚闭上眼睛,都是各种场景在回放,太多杂乱的信息,让他很难入睡。只是最近,大脑的存储空间仿佛被一部分记忆抢了先,而且还都和钟辞有关。

之后的三天里,江沭觉得钟辞很反常。

不仅没有再丢他眼刀子了,还经常拿奇怪的问题来烦他,例如一些陈年物证的存放位置,员工墙上某个陌生人的离职时间等。

刚开始,江沭都耐心地一一作答,直到在被问及一串极长的化学检测数字时,他终于意识到,钟辞不是为了弄明白什么,而是在验证什么。

这次，江沐先开了口："在刚刚过去的 52 分钟里，你在我面前来去 12 次，撞到桌角 3 次，看我 31 次。"

江沐："你到底有什么目的？"

钟辞来来去去地验证了三天，差不多快见着结果了，却被江沐抓了个正着。不过，他也不是什么委婉的人，没什么好隐瞒的，心一横把话直接给问了："你是不是忘不掉？"

没有遗忘的能力，大脑像是高精度的存储设备，能记录每个细节，所以记得解剖过的每一具尸体，记得每一次受害人家属的哀恸，记着很多别人眼里转瞬即逝的画面，也守着很多只有一个人知道的回忆。

他这话问得没头没尾，但懂的人自然懂。

江沐没否认，只是淡淡地说："怎么？这么关注我？"

钟辞像是被踩了尾巴的猫，全身上下都通了电，电得他有点神志恍惚，于是本能地反驳了一句："你不先关注我怎么知道我在盯着你？"

江沐愣了一瞬，好像没明白对方怎么会反应这么大。仪器响了一声，他垂眸去看屏幕上的数据结果。

"他们知道吗？"钟辞没觉得自己惹人不高兴了，跟个棒槌似的大剌剌地杵在江沐身后。

江沐轻轻摇了摇头。

棒槌走了，步子还很轻快。

钟辞的嘴角弯了点弧度，直到看见楚非的时候才把情绪压了下去，把脸板回了平时的傲慢。

江沐不是会示弱的人,可是在超忆症这件事上,面对他的试探,江沐却默认了。

目前市局里……只有钟辞知道,这是不是意味着,他对江沐来说,算得上特殊?

08

钟辞查阅了不少文献,知道有超忆症的人多数是天才。但他也知道,这样的人,每天都被灌输着庞大的信息量,多数时候没那么好过。

一旦知道了这些,他不觉得江沐高冷了,只觉得他有点形单影只。

他开始观察江沐,一开始是欲盖弥彰地看,直到几次被江沐发现后,这种观察变成了明目张胆的注视。

这进一步导致江沐每晚睡前,脑海中浮现的都是钟辞从各个角度投过来的探寻目光。

钟辞发现,江沐其实不是傲,只是他大部分事情都能独立完成,没有说话的必要。

样本室窗台外那十几个盆栽是江沐的,每个盆底都贴了张小小的标签,写了江沐的名字。

以及,江沐耳机里经常听的音乐,竟然是摇滚。这个"冷知识"来自钟辞上午的一时兴起,他撑着江沐的椅背,江沐以为他要跟自己说话,就摘下了一只耳机,钟辞靠得很近,清晰地听到了耳机里震耳欲聋的音乐声。

他越来越庆幸,自己好像捕捉到了一个和旁人眼里不太一样的江沐。

2·23出租屋杀人案的侦破不太顺利,为了进一步分析受害者死因,江沐又在加班做病理学解剖,顺手拉了钟辞当一助。

江沐的饮食和睡眠都不太规律,两人不对付的时候钟辞就有所察觉,当时无感,最近看着就觉得不顺眼。

钟辞:"我……晚饭多买了一份,你等下要吃吗?"

"凶手是左利手,死者十指甲床、眼睑结膜苍白,心肌颜色偏白,符合失血致死。"钟辞说这话的时候,江沐正端详死者心脏的颜色,"……你确定你要现在跟我说这个?"

钟辞掩在口罩下的嘴角抽了抽,闭嘴了。

"'2·23出租屋杀人案',你有什么想法吗?"隔了一会儿,江沐问。

"我觉得很奇怪。"这还是江沐第一次主动听他的意见。

江沐示意他继续往下说。

钟辞:"当时受害者身上已有致命伤,伤口很深,无力挣扎,为什么比他矮小的凶手还要强迫他对着什么弯腰,就好像是……"

就好像是,在对什么鞠躬。

钟辞:"像是赎罪的姿势。"

"判断依据?"江沐问。

"直觉。"

江沐停顿了一秒,说:"无效佐证。"

"可是,江师兄。"钟辞说,"我们学习了各种数据分析方式,这让我们能实现精准计算和完美侧写,但有的时候,直觉来得更直接,不可忽视。"

江沐没有回答，这场一时兴起的争论最终不了了之。

江沐的工作从不会留到第二天，都是当天了结。今天有一份组织液的提取结果没出，他就还没睡，钟辞在办公室外来回走了几趟，也没见这人有要下班的意思。

在他第 12 次"无意"路过时，江沐终于开口了："我没有加班补贴给你。"

钟辞的喉结滚动了一下，想起自己先前埋汰江沐时说过的那几句话。

"我等提取结果。"钟辞说，"你去睡吧，别这么晚了还往解剖室里跑，对身……尸体不好。"

江沐：……

江沐今天是有些睡意的，他的眼睛带着点潮气，听到这话明显怔了半秒，随即低低地笑了一声。

钟辞还是第一次看见他笑，这让他把自己刚才蹦出的丢人句子抛在了脑后，他整个身体靠在门框上，直直地盯着江沐，似乎是想用眼睛把这点转瞬即逝的笑意给记住。

"那一起等吧。"江沐说。

钟辞不想做物证了，他觉得还是病理学更有意思。

江沐平时加班的话，就睡在市局的休息间里，房间被他收拾得整整齐齐，刚好能摆得下床，一个人睡正好，两个人就有些拥挤。钟辞的睡相不太好，这少爷似乎没睡过这么硬的架子床，大半夜还从枕头下拎出了一个硌人的褪黑素小药瓶，拍在了床边的矮柜上。

江沐醒来的时候，房间里已经只有他一人了。他穿好衣服，笼着双膝坐在床头,有点起床气,他觉得大概是熬夜的缘故,刚要闭目养神,就传来了一阵敲门声。

钟辞的敲门只是意思一下,敲的同时,人就已经进来了,手里还提着两个酒店的打包盒。

或许是口腹之欲得到满足的缘故,江沐的起床气被很好地安抚了。

钟辞买的是附近酒店的海鲜粥,他毫无自己没有加班费还倒贴钱的自知之明,只是坐在一边看着江沐吃,像是在欣赏一幅画作。

江沐:"你要不要……"

钟辞:"我想……"

两个人同时开了口,钟辞目光闪了一下,刚想说自己想换个实习方向,门外就传来了动静。

"江沐!"门外有个脆生生的女声,"师姐回来了!"

回来的是孟雨,江沐的研二师姐,大江沐两岁,大钟辞三岁。

孟雨一回来,病理就不缺人了。钟辞远远地看着江沐和孟雨说话,发现江沐多数时候都在听,偶尔点头,少数时候会弯一点嘴角。

"谁又招惹你了,脸色那么臭?"楚非朝着钟辞的视线看过去,刚好看见了江沐和孟学姐,"多好啊,孟师姐回来了,没咱俩事儿了,也不用加班了,再过俩月马上走人,爽死了。"

钟辞给了楚非一脚,脸像结了霜。

江沐在听师姐说这个月的学术成果,孟雨说得很简练,有认同的地方他会点头,直到孟雨说完科研,才提了嘴过来实习的钟辞。

"我听本科生说,钟辞的成绩特别好,家里有权有势,就是脾气不太行,有点狂,高调得很,他没给你添什么麻烦吧?"孟雨问。

"没有。"

"我看也是,刚刚过来的时候,看他坐你休息间里,也没什么架子。"孟雨笑道,"而且提到他的时候,你笑了。"

孟雨:"我看你最近好像也活泼了点。"

江沐拿文件的手停在了半空中:"有吗?"

孟雨的专业能力很强,做事也干练,江沐以前就常跟她合作,很多问题处理起来都得心应手。这次外出学习回来,孟雨的操作更熟练了,江沐却有些不适应。这种不适应在孟雨和钟辞交接"2·23案件"事宜的那天表现得尤为明显。

"根据现场的脚印和死者身上的伤痕判断,凶手是一米六左右的矮小男性,数据我们都给了,刑侦科那边也在找人了,还有什么问题吗?"孟雨问。

"嗯,目前行凶者侧写的确是这样。"江沐在一旁说。

钟辞知道江沐只是客观表述,但这表述接在孟雨那句话的后面,他就有些不高兴。

"我觉得凶手像是女性。"钟辞的语气不太好,"报复杀人,所以才出现了类似于让人赎罪的动作。"

孟雨的神情有些茫然:"可是……现场脚印和伤口信息都显示这是男性啊。"

"他的直觉。"江沐又客观陈述了一句。

"啊?"孟雨有些错愕。

钟辞突然就有些烦躁,开始觉得自己有点无理取闹。

闹的就是站在他不远处的江沐。

"你当我是在胡扯吧。"钟辞转身要走。

江沐正在思考这直觉的可信度,没意识到哪里招惹了这祖宗,钟辞转身的时候,他伸手挽留了一下,动作微小,指尖只碰到对方衣角撩起的风。

他低头看了眼自己的指尖。

"对了,江沐,"孟雨说,"刚隔壁物证那边说,上个月的分析数据可以发论文,那个项目是你提的,论文给你吧。"

"一作是钟辞。"江沐说,"大部分都是他完成的。"

钟辞还没走远,刚好听见了江沐的这句话,不管做了多少,鉴定所的成果是不给实习生的,他以为这是不成文的规矩,但江沐对他有所不同。

江沐刚打开电脑,微信就收了条消息。

钟辞:"我能带你二作吗?"

江沐:"我不缺学术成果。"

钟辞:"我当然知道,就是想要我俩名字摆一起,行吗师兄?"

情绪似乎真的是没有逻辑和道理的,比如现在,江沐就觉得自己是贝壳,枕着海浪的潮湿,周围有阳光拥着,暖意融融。

"2·23出租屋杀人案"在3月1日下午就结案了,刑侦科找上门的时候,凶手刚收拾好行李打算自首。凶手的体貌、身份、特征,与江沐先前的侧写高度相似,同时对作案事实供认不讳,江沐去听了审讯,眉头却没舒展过。

这份口供拿得太顺利了,他隐隐觉得不对,这种笼罩着的情绪近乎影响了他的思考。他回鉴定所时,钟辞正坐在灯下看案发现场的照片。钟辞的眉眼很是深邃,他皱眉认真思考的时候,微眯着锋利的眼尾，身上的桀骜就散去了不少，取而代之的是一种专注和深沉。

"还在看？"他在钟辞身边坐下。

"再看看。"钟辞说。

他的身上有一种自信，和他相处得久了，江沐知道，他的自信来自实力。

"好。"江沐说。

"好？"

江沐说："我去申请再查。"

钟辞挑眉："不是说直觉不可信吗？"

"不可信。"江沐说，"所以我们从这里，去找可信可证的东西。"

凶手已经抓获，但法医想还原案发全过程，江沐找了白教授帮忙，批完了申请。

第二天下午，钟辞还真发现了点不一样的东西。

"这个棒球棍，当时做了指纹采集。"钟辞把江沐推到桌前坐下，让他看屏幕，自己则站在椅背后，双手撑着桌面，把江沐围在椅子上。

"棒球棍上只有死者的指纹，当时跟着摔落的东西一起倒在地上，和涉案凶器无关。"钟辞说，"我多心将它当物证带了回来，棒球棍上检测到了一些衣服纤维，把手上的指纹朝向混淆了，经深入检测，留下指纹的时间刚好和案发时间高度重合。"

这说明，案发当天，死者生前抡着棒球棍打过人。

江沐抬头："但凶手身上无类似伤痕。"

两人对视一眼，都明白了对方的意思。

案发现场，很可能还有第三个人。

房间里的氛围随着他们的讨论紧张了不少，围过来的几个同事专心地听着钟辞分析。

"我检测了棒球棍上的衣服纤维，毛呢成分，与受害者和刚抓获的凶手所穿衣服均不相符。"钟辞说，"推测凶手伤人的时候，有个人就站在门边，看完了全过程，直到受害者以一个赎罪的姿势倒地，这个人才离开。"

新的发现迅速被上报到了刑侦组。

另一个疑似凶手的人逍遥法外，大家的神经都紧绷着，希望能从口供或物证中发现蛛丝马迹。然而目前的有效证据只有棒球棍和衣服纤维，茫茫人海中再找人，难上加难。

江沐的脑海中飞快划过几个画面："等等。"

"那天你拦下的交通事故鉴定书，2月23日……"江沐抬头，数据像是串珠，在他的思绪上飞快地串了起来。

周围人没明白他怎么这时候提这个，钟辞的眸光却闪了一下。

"伤者吴某，女性，因肇事者酒驾受伤，手臂位置擦伤下隐藏着一道钝器伤，疑似棍棒打击伤。"江沐说，"车祸时间8点20分，'2·23出租屋杀人案'推测案发时间为8点，嫌疑人口供案发时间为8点10分，吴某被人酒驾撞击倒地时，身着的刚好是浅紫色毛呢外套，距离案发现场仅320米。"

这下连楚非都听懂了："也就是说……那天那个车祸伤者，是本案的重大嫌疑人！而且很可能是教唆杀人！"

江沐抓过钟辞的手腕看了眼时间，转头冲刑侦的人说："吴某拿到赔偿款后，打算出国，预定了今日下午3点20分的跨国机票，目前距离飞机起飞……"

"还有25分钟！"楚非说。

警车呼啸着驶向机场方向，扬起一路冬末的风与尘埃。

办公室里，只剩下江沐和钟辞两人。
阳光透过半透明的窗帘，在江沐的侧脸上投了层光晕。
江沐说："我那天就说过，你没有错，是有意义的。"
追凶是刑侦科的工作，人性和背景留给社会思考，法医要做的永远只是还原真相。
"你最有意义。"钟辞俯身，手在江沐头顶的位置轻轻地蹭了一下。
江沐的目光从卷宗满满一页的文字上扫过，脑海中完整录入的，却只有钟辞的声音和一阵青佛手柑的气息。

春天正式到来的时候，钟辞的实习结束了，距离大五毕业只剩几个月，钟辞回学校走毕业流程。他在实习期间完成的论文，被SCI收录，一作和二作的位置，分别写着钟辞和江沐的名字。

技侦处少了两个实习生，这事很平常，觉得不习惯的，好像只有江沐一人。

根据他的分析，有百分之九十九的缘故，是少了之前经常给他添麻烦的钟辞。

钟辞高兴的时候，会拖着点音调叫他"江师兄"；想挤兑他的时候，就会直呼大名；在知道他不是孤僻只是觉得没必要说话后，钟辞还特别喜欢埋汰他，非得逗他说上几句话，再有些得意地瞥他一眼，眼睛里尽是张扬的光。

好像是在认识钟辞又看见钟辞离开后，江沐才开始觉得，自己是有点孤独的。

放在桌上的手机振了一声，是钟辞发来的消息。

钟辞："我们学校的食堂真是太难吃了，你知道吗……"

江沐："我知道，我就是Ａ大毕业的。"

那边愣了好一会儿，才回了条消息，附带了一个无可奈何的系统表情。

钟辞："我就是想找你说话！你看不出来吗？"

"真稀奇，你也有盯着手机不放的时候。"路过的白教授说，"这才有年轻人的感觉。"

江沐敛了嘴角，收了手机，转身去看样本了。

他已经好久没梦到那些支离破碎的画面了，每晚浮现在眼前的是他第一次见钟辞时，他穿着的那件黑色衬衫，是钟辞按在他肩上的手，以及那天在办公室，发梢上传来的柔软触感……

江沐最近兴致不高，他像一台精密的仪器高效地运转着。C大过来的实习生战战兢兢地跟在他的身后，一副唯唯诺诺的样子，不管他说什么，那实习生就恭敬地掏出个小本子来埋头刷刷地写，生怕漏了什么。

钟辞最近不知道在忙些什么，每天的消息仅剩早安和晚安。

其实大部分时候，都是钟辞在发消息，江沐抽空回上一两句，说的不多，但一定会回，钟辞再抱怨几句，两人的聊天才会结束。最近收消息的频率变少，最先不习惯的人倒变成了江沐。

钟辞就要毕业了，以钟家的背景，加上已有的科研成绩，不管去哪里，钟辞都会有比这里更好的未来，这是好久以前江沐就知道的事情。

江沐有些低落，原因是他忽然发现，他和钟辞的联系，好像只剩一个通信软件。

通信断了，联系就断了。

"江沐。"孟雨叩响研究室的门，"白教授新招的研一学生今天会提前进组，病理学方向，跟你的研究方向一致。我有个案件要出庭，等下拜托你带一下新人。"

江沐应了一声，继续分析数据。没过多久，他身后的门传来了一声轻响，来人压着脚步声，往他的方向靠近了一些。

这大概就是孟雨说的研一师弟吧。

江沐在忙，他从抽屉里拎了个U盘："白教授不在，你去隔壁把这份对比数据打印……"

一双手遮在了他眼前，挡住了他的视线。

"好无情啊，江沐。"漫不经心的声音从他背后传来，"支使我之前，不先问新师弟好？"

空气里弥漫着熟悉的青佛手柑香味，江沐没有睁眼，嘴角却先弯了起来。

Change

他看着钟叙的背影，
像追光一样迈步追了上去。

Change a dandy

纨绔改造计划

CHANGE A DANDY

文 / 一条酥咸鱼

总在胡说八道的甜饼贩卖商，努力不粘锅，为自己带盐。

+ 01 +

听说家里老爷子要把自己送去军营历练几天的时候，付知况正坐在长歌坊的雅间里，惬意地吃着荔枝听曲儿。

台上的歌姬身段如柳，嗓音婉转而动听，举手投足都充满了风情，让人移不开眼。付知况支着下巴非常沉醉地在看她，片刻，才把目光挪到了一旁跑得气喘吁吁的小厮身上。

"去就去呗。"他没什么大反应，刷的一下打开手里的扇子，悠悠闲闲地扇着风，说，"还省得成天在家听父亲数落。"

来通风报信的小厮见他这吊儿郎当的模样，比他还急，忙继续解释利害道："少爷！哎哟，我的祖宗，那可是军营，铁腕铁血铁律，又不是去郊游踏青闹着玩儿的！"

付知况听了这话，倒是浅浅地笑了。他神色轻佻，毫不在意："怕什么，我堂堂瑞王世子，他们能对我怎么样？"

+ 02 +

京城的人都知道，瑞王世子生得一副俊俏好皮囊，挺鼻薄唇，目若朗星，但实际上就是个中看不中用的纨绔草包。

他年方十七，按理说正是报效朝廷的大好年纪，可他却没有建功立业的欲望，平日里就喜欢同朋友们喝酒厮混，可谓干啥啥不行，玩乐第一名。

简直可以说是把"不务正业"四个字刻进了骨子里。

这也难怪。

瑞王老来才得他这么一子，自然疼爱有加，再加上付知况小时身子骨不好，家里人便更是对他百依百顺，要什么给什么，久而久之就宠得他无法无天了。

这回瑞王说是送他去军营，其实也不过想借此吓唬他一下，让他知道害怕，以后行事收敛些。

没曾想小兔崽子还巴不得去军营避避唠叨。

付知况一回到府里，就一头扎进自个房间收拾起了行装，俨然一副"再见了爹娘今晚我就要远航"的模样。

瑞王闻讯赶来时，他正跷着个二郎腿，指挥小厮翻箱倒柜地找他那块触之生凉的避暑寒玉，气得瑞王指着他愣是说不出半个字来。

"混账东西！"半晌，瑞王开口训斥道，然后猛地一甩袖将手背到身后，狠了狠心，真差人持了王府令牌去军营知会驻地将军，准备现在就把人扔去接受社会的毒打。

王妃哭哭啼啼地替儿子求着情，然而当事人却丝毫没意识到问题的严重性，朝父亲咧了咧一口小白牙，潇洒地上了马车，头也不回。

+ 03 +

军营位于城郊西山，练的是皇家亲兵。前往西山的路上，小厮抱着包袱，一脸担忧地看向自家世子，说："听说现今统领军营的将军是从边关调回来的,年纪虽不大,但战功赫赫,为人也正直无情,咱们……"

付知况左耳朵进右耳朵出,懒洋洋地瞥了小厮一眼,打断他问道:"他叫什么?"

"啊?"小厮愣了一下,然后如实回答他,"钟叙,钟鼓的钟,叙事的叙。"

"钟叙……"付知况在嘴里念了遍这名字,轻轻喷了一声,"名字倒是不错。"

他显然没有把这人放在心上,随手从包袱里抽了本神怪小说,闲适地看了起来。

+ 04 +

距离付小世子的大型体验生活节目《变形计》开播还剩半个时辰。

+ 05 +

钟叙坐在帐中,正垂眸处理着军中事务。他才提笔写了几个字,就听手下进来通报,说是瑞王世子已经到军营入口了。

钟叙眉心微微一蹙,将笔搁下,回他:"知道了。"语罢便起身向外走去。

瑞王世子要来的消息他先前就已收到,虽然不想,但也拒绝不得。钟叙草根出身,靠着在战场上实打实杀出来的军功一路晋升,最不喜世子这种纨绔子弟。

俩人一见面就没给彼此留下什么好印象。

钟叙到军营入口的时候,付知况正站在小厮的伞下。他穿着一身华贵锦衣，腰间佩玉，手拿折扇，包袱也由小厮背着，此刻正东看看西瞧瞧，十分优哉。

钟叙：这家伙是来春游的吗？

他看着付知况，眉心又不自觉地皱了起来。瑞王府的管事看见他过来，上前恭敬地行了个礼，再次把事情交代了一遍。

"世子骄纵，还请将军费心管教了。"对方赔笑着说道，又小声补了句，"点到为止即可，王妃娘娘心疼着呢。"

钟叙从始至终冷着张脸，听完后瞥了付知况一下，眼里隐约有不屑，而后淡淡地回复管事："军营自有军营的规矩。"

付知况也打量着面前一身劲装的青年。不得不承认，对方确实很有将军的风范，眉眼英气漂亮，身姿挺拔板正，就是这冷傲的态度让他是很不爽。

付知况内心：你很牛吗？放下你的身段。

俩人相互没有好脸色地无声对视了半天，钟叙率先打破沉默，命人带付知况进去。随行的小厮刚想跟上，驻守的士兵就伸手拦住了他的去路。

"军营重地，闲杂人等一律不准入内。"钟叙漠然地说道。

✦ 06 ✦

付小世子的大型体验生活节目《变形计》正式开播。

✦ 07 ✦

付知况原本以为，钟叙或多或少会顾虑到他瑞王世子的身份，在军营里意思意思走个过场就得了。

没想到他从一开始就一点儿情面都没留。

请走王府的管事与小厮后，钟叙跟着付知况一起来到了分配的营帐中。他摆了摆手，直接让手下没收付知况的玉佩、香囊、折扇、糕点。

　　付知况还没反应过来，宝贝的小包袱就被人拿走了。他回过神，护着自己剩下的东西皱眉呵斥道："你们干什么！放肆！"

　　士兵们动作一顿，看了眼钟叙，见他没有叫停，便也没有客气，强硬地拿走了付知况的行装。

　　付知况敌不过这些士兵，反抗无果，又气又恼。他知道自己和小兵计较是没用的，于是径直走到钟叙面前，揪住他的衣襟，说："你知不知道我是谁？你怎么敢！"

　　"付世子，久闻大名，如雷贯耳。"钟叙微微弯起嘴角，意味不明地笑了一声，眸中却是一片冷色，"只是世子殿下，你名叫'知况'，看起来却一点儿都不知道自己现在处在什么境况。"

　　说完，钟叙轻飘飘地拿开付知况的手，像是嫌弃似的退后了一步，让手下把军中普通士兵的衣服给他，说："世子自己换，或者，我请人帮你换。"

　　"你——"付知况愤愤地瞪着钟叙，拳头紧紧握住又松开，僵持了一会儿，开口妥协，"出去，我自己换。"

　　钟叙挑了一下眉，示意他自便，和其他人去了帐外等候。

　　付知况低头用手指捏起那衣服，满脸写着不情不愿。这衣服倒是新的，干净平整，只是粗糙的布料和针脚，对付知况来说和一件麻袋没什么区别。

　　他深呼吸了几下，做完心理建设，才慢吞吞地解开自己的腰带，脱下锦衫将衣服换上。

　　钟叙见付知况垮着脸掀开营帐的门帘出来，上下扫视了他一圈。

付知况摆出一副凶样，龇了龇牙道："看什么看！"

钟叙懒得搭理他，侧过头吩咐身旁的副将领他去和新兵们一起操练。

"军营一视同仁，能者留之，受不了就趁早求饶，滚回你的瑞王府去。"离开时，钟叙这般说道。

付知况年轻气盛，自然受不了这刺激。他磨了磨后槽牙，脾气上来，和钟叙杠住了。

付知况内心：谁求饶谁是狗！

✦ 08 ✦

五天后，付知况："呜呜，汪汪。"

✦ 09 ✦

军营生活单调清苦，起得比鸡早，睡得比狗晚，每日需负重爬山，还要练枪法箭术。付知况从小娇生惯养，手不能提肩不能扛的，能借着口气硬是咬牙撑五天，已经是奇迹了。

这几天他是吃也吃不好，睡也睡不着，腰酸背痛腿打战，肉体还在活动，三魂七魄已经飞了。

六月的天已然热了起来，日光烈烈地晒着，晒得付知况头昏脑涨，最后终于撑不住了，眼前一黑，光荣地晕了。

再醒来的时候，付知况躺在自己帐中，钟叙站在一旁抱着臂看他。他脸上没什么表情，依旧一脸冷淡，见付知况睁开眼睛，说道："醒了？"

付知况口干舌燥浑身乏力，勉强支起身体半坐了起来。他看见钟叙时就已经生了服软示弱的心思，但嘴上还是下意识呛声道："你看不见吗？问的什么废话。"

钟叙不跟他计较，示意了一下床头几案上放着的汤药，说："解暑祛热的，醒了就快喝了。"

付知况怔了一瞬，半信半疑地看看药又看看钟叙，不觉得他会这么好心关怀自己。果然，就听钟叙接着道："你要是死在我这儿，我可不好交代。"

付知况：……

他恨得牙痒痒，既有怨气，又莫名委屈。片刻他端起药碗"咕噜咕噜"一饮而尽，将碗搁回几案上，然后回钟叙："放心，我不给你添麻烦。"

钟叙见他那样儿有些意外，挑了一下眉，没说什么，转身离开了。

+ 10 +

付知况像死鱼一样躺回床上想了又想，父亲并没有来接自己回去的意思，他要是再这么硬碰硬地和钟叙死磕下去，可以趁早入土为安了。

付知况审时度势，得出结论：大丈夫能屈能伸。留得青山在，不怕没柴烧。

他趁着晚间休息，脚步虚浮地去了钟叙帐里，企图和他打个商量。硬的不行就来软的，能和平共处的话，何必弄得两败俱伤——更何况实际上真伤了的就他一个，不划算。

初夏夜里月明星稀，不时吹过的晚风带着凉意，予人清爽。付知况掀开帘子进到帐中，就看见钟叙长发披散，正支着脑袋坐在案前看书。温暖的烛光映照在他脸上，给平时冷峻淡漠的面容添上了几分柔和之色，衬得他眉眼如画，气质清雅。

美人听到动静抬起头，看见来人，开口便毫不客气："有事？"

付知况有求于人，忍下了这口气，边换上笑脸边向钟叙挪去，嘴里说道："好哥哥……是我先前不知道天高地厚，我错了，你看咱能不能……"

钟叙被他那腻歪扭捏的样子恶心到，严肃地皱着眉骤然起身，转头就走。

"喂！"付知况急了，伸手想去抓他，却被钟叙反应极快地挥开。付知况傻愣愣的，也不知道躲闪，一时间失去了平衡，向后栽去。

钟叙见状，烦躁地搭手拉了他一把，结果这不拉还好，一拉反倒被他给反向撞倒了。

砰的一声响，俩人一齐摔在了地上。

付知况一骨碌爬起身来，一边连声道着歉，一边手忙脚乱地逃走了。

钟叙看着人仓皇离去的背影，黑着脸起身掸了掸衣上的灰，心想：……有病。

✚ 11 ✚

看不顺眼的死对头好像是个女儿身，怎么办，在线等，急。

事情怎么会发展成这样！花木兰竟在我身边！

付知况回到自己的营帐，内心久久不能平静。他虽然性子骄纵轻佻了些，但本质不坏，平日里也就是斗斗蛐蛐听听曲儿，玩乐消遣，没干过作奸犯科奸淫掳掠的勾当，不过是个被宠坏的公子哥儿罢了。

他回忆着话本里说的"男儿胸膛坚硬如铁"，脑子里已经瞬间为钟叙编好了一个女扮男装代父从军的感人故事。

他仔细回想了一下，钟叙身量适中，称不上壮硕魁梧，常年领兵肤色却依旧白净,眉眼生得好看英气,说句"肤白貌美"也不为过。而且钟叙总习惯独来独往,怎么看都有猫腻。

付知况内心:我现在全都懂了!下次要叫好姐姐!

✚ 12 ✚

单方面认定钟叙是个女扮男装的坚强姑娘后,付知况整个人都奇怪了起来。他不再故意和钟叙唱反调了,看钟叙的眼神也充满了深意。不仅如此,面对钟叙时还老莫名其妙地结巴。

钟叙内心:你不对劲。

钟叙幼年家境贫寒,家里一碗稀饭常常捞不出几粒米来,整日食不果腹的。长此以往,胃就落下了病根。夏日天热,他本就食欲不振,忙起来时还总忘了吃饭,一来二去胃病便又犯了,连着几天脸色都不好看,偶尔抽痛起来,就下意识地用手捂着腰腹以作缓解。

付知况看在眼里,想当然地觉得,钟叙怕不是来葵水了。午后,他见钟叙又把手搭在腰腹处,唇色发白独自回了营帐,便思索了一会儿,偷偷去了军营的炊事所。

钟叙坐在桌前,眉心紧锁,用手扶着自己的额头,强压下不适之感,准备打起精神继续处理公务。他才回了两册批文,就见付知况端了碗冒着热气的东西,鬼鬼祟祟地钻了进来。

钟叙还没来得及出声说什么,付知况便三步并作两步地走近,把碗放在他面前搁下,然后甩了甩自己被烫得发红的指尖。

钟叙心有疑惑,低头看看那碗黑漆漆的汤水,轻轻嗅了嗅,闻到了浓浓的生姜味。

"姜糖水,我托炊事所的大哥煮的。"付知况没敢看钟叙的眼睛,支支吾吾地说着,片刻才豁出去般接着道,"你快趁热喝了,喝完就不会那么痛了。"

钟叙被他说得一愣，沉默了半晌才淡淡地开口道："多谢。"

付知况闻言挠挠后颈，表情不自然地"嗯"了一声，说了句"你多保重"，转身走了出去。

钟叙看着桌上热气腾腾的姜糖水，又看看付知况的背影，眼尖地瞄到了他泛红的耳朵。

钟叙内心：……你很不对劲。

✚ 13 ✚

这种"不对劲"的微妙状态持续了半个多月，直到一日军营轮休，付知况跟着钟叙外出，两人在回来的路上遇了袭。

对方黑巾覆面来势汹汹，一招一式都下了死手，毫不留情。钟叙不做犹豫，也反应果断地抽出了佩剑应战。

付知况头一次遇到这种真刀真枪的要命情形。他被钟叙护着，随着后者攻防的招式被拎来扯去，在兵刃相接的当啷声中慌张地滋哇乱叫："什、什么情况啊钟叙？啊啊啊啊啊啊啊啊——救命！"

"闭嘴！"钟叙神色严肃，一边和敌人交手，一边还要分出心来应对着付知况的蠢问题，"不想死就配合我。"

付知况闻言听话地闭上了嘴，想着就算自己帮不上忙，至少不能添乱。他跟着钟叙躲闪对方的攻击，顺便观察着刺杀他们的这帮人的动向。

双拳难敌四手。按钟叙的武功，原本应付这几个人不成问题，奈何现在要顾及手无缚鸡之力的付知况，难免四处受牵制。

一名杀手见钟叙精力多留意于面前的两人，大喊了一声"看招"，趁机挥刀向他砍来。付知况见状心里一惊，也来不及多想，下意识地侧过身子，挡在了钟叙的背后："小心！"

钟叙反应迅速，先是剑风凌厉地逼退面前的两人，然后转过身用剑格挡下杀手的突袭，护住付知况，抬脚狠狠地将那人踹飞了出去。

杀手重重地砸在一丈开外的地上，捂着胸口猛地吐出一口血来，吓得其他人也谨慎地停手周旋起来，一时不敢轻举妄动。

"你师父没教过你，打架的时候不要预告自己的招式吗？"钟叙握着剑，目光轻蔑地俯视着对方，带着游刃有余的傲气。

付知况惊魂未定，热血褪去才知道后怕。他转过视线看着钟叙坚毅冷峻的侧脸，感觉心脏在扑通扑通地狂跳，难以自控。

付知况内心：可恶，有被帅到。

钟叙并没有就此松懈。他分析了一下局势，想着不能恋战久耗，得先找法子脱身再说。他主动出击伤了几人，撕开包围圈拉着付知况就跑，然后当机立断地跳入了不远的湖中。

碧湖阔大，暗流涌动又四通八达。俩人屏息潜游了一段距离，择了一处上岸，躲进一个洞中暂时歇脚。

钟叙没受什么伤，但面色不善，生了火准备把湿透的衣服脱了。他刚解开腰带，就看到付知况猛地捂住了自己的眼，结结巴巴地说道："你你你，你干什么！男女有别！这成何体统！"

钟叙宽衣的动作一顿，掀起眼皮瞥了他一眼，反问："你是女的？"

"我当然不是！你——"

"有病。"

付知况哽住了，沉默了半天，小声嘀咕道："你不是女子吗……不必装了，我都知道了。"

钟叙：？

"果然有病。"他笃定道，感到莫名其妙，"你哪只眼睛看到我是女儿身？"

"那天——"付知况欲言又止。

钟叙内心：我现在全都懂了。

他算是明白这半个多月这人在扭捏什么了。

"我，纯爷们儿。"钟叙面无表情地打破付知况一厢情愿且不太正常的想法。

付知况：？

✦ 14 ✦

怕挨揍的付知况默默把自己往角落里挪了挪，企图复盘一下这场美丽的误会，证明不全是自己的问题。

"之前你一直捂着腰腹，难道不是来葵——"他看钟叙脸越来越黑，说话的声音也越来越小，底气全无，"水吗……"

"我那是胃疼。"钟叙说道。

他现在头更疼。

两人相顾无言半晌，付知况觉得气氛过于尴尬，胡乱地找着话题，慢慢开口说道："刚才那些人……为什么要杀你？"

钟叙闭上眼睛，坐直身子盘腿调息，平静地回答他："各为其主而已，手握军权带兵打仗，难免成为一些人的眼中钉肉中刺。"

"习惯了，原先在边关时遇到的更多。"他补充道。

付知况若有所思地点点头，看着钟叙身上新旧交叠的伤疤印记，又看看自己不沾阳春水的细嫩双手，想着自己从小衣食无忧、养尊处优的生活，对他产生莫名的感慨与怜惜。

他轻声问道："钟叙，你就不会怕吗？"

"怕啊，人就一条命，死了就没了，当然怕。"钟叙说着，重新睁开了眼睛,"不过,人总会死的。能够为家为国而死,也算值了。"

他说完,将视线移到付知况身上。这些日子相处下来,他也知道付知况心性不坏、有情也有义,并不是完全养废了的朽木。

"方才……"他想到刚刚付知况义无反顾扑上来护住自己的模样,正经了神色,说道,"多谢你了。"

付知况见他那样,也跟着坐了端正。他头一次被人这么认真地道谢,有点不好意思。

"不用谢我。"他单纯而诚实地说着内心的想法,"总不能见死不救吧。你也说了,大家都是血肉之躯,我受伤会痛,你受伤了,一样也会痛啊……"

他说完,朝钟叙憨憨地笑了一下,目光清明澄澈。

钟叙听了他的话,心下一动,五味杂陈。他习惯担起责任,习惯冲在最前,习惯忍受伤痛,突然被保护之人保护,又听到这样一番简单又直白的话,难免动容。

他看着付知况,竟一时失语。片刻,钟叙换了个话题:"经此一事,瑞王大概很快就会接你回去了。付知况,你打算像原来那样过下去吗?"

付知况闻言,懂了他的弦外之音。他垂下眼睛,抿了抿唇,沉默了。

+ 15 +

确认了没有危险后,钟叙带着付知况回到了军营。不出所料,瑞王听说世子遇袭的消息,慌里慌张地派了人来,说要将他接回府里照顾。

事发突然,付知况人还是蒙的,不知道该高兴还是难过。

钟叙站在营地门口,目送付知况上了马车。他神情不再如原来那般冷漠，客气地和付知况道了别："后会有期。"

付知况回头看他，像看自家兄长一般，带着敬佩，又带着不舍。而后，他换上了日常的笑脸，玩笑着道："没准我很快就又被扔回来了。"

钟叙微微弯起嘴角，无奈地摇了摇头。

付知况回到瑞王府后，瑞王妃召来了宫中的太医，硬是给他里里外外仔仔细细地检查了一遍。她看着儿子晒得黑了几个度的皮肤，和瑞王发了通小脾气，说什么也不肯再把他送回军营吃苦受罪了。

付知况看着母亲，无语又想笑，拍了拍她的手背宽慰道："娘，我没事儿。"他弯起自己的手臂给她展示隐隐有了形的肌肉："这些日子下来我身子都壮了呢，也在那里交到了好友，别担心。"

瑞王妃见儿子这正经懂事的样儿，用帕子擦了擦眼角的泪珠，既心疼又欣慰。她让付知况好好休息，自己则去小厨房亲自准备他喜欢的点心了。

之后的日子，付知况每天都很乖地待在家里，看看书练练剑，安分得让照顾他的丫鬟小厮有点心慌。

"世子，定北侯的二公子办了个斗蛐蛐大赛，咱去不去瞅瞅？"

"世子，今天天气好，要不要去千红楼或者长歌坊玩？听那儿的管事说，青悠姑娘谱了新的曲子。"

"世子，唱白庄又进了几只羽色极好的雄鸡！"

付知况内心：没有那种世俗的欲望。

他在书房里拿着笔随意画画，心里莫名空落落的，回过神来时发现自己在纸上画了个标志——是军营旗帜上的。

付知况内心：大事不妙，我不对劲。

瑞王将儿子回府后的转变都看在眼里，感叹军营改造人的神奇力量，恨不得做个"妙手回春"的匾额送给钟叙。

事实上，他也真的这么干了。

16

钟叙坐在帐中，一如往常般垂眸处理着军中事务。上回外出时遇刺，他就心有疑虑，回来后彻查了相关人员，果然揪出了几个怀有二心之徒，禀明圣上后就雷厉风行地将他们用军法处置了。

他刚在奏折里写着此事的调查结果，就听见手下进来通报，说是瑞王府的人又来了。

钟叙略感奇怪，搁下笔，起身随他出去查看。

瑞王府的人是来送匾额的，一同跟来的还有付知况。他这次自己骑了马，长发由发冠束成高马尾状，明朗又英气，不似初见时那般懒散颓废，倒是有了少年郎该有的潇洒味儿。

遥遥地见钟叙过来，付知况挥了挥手，笑嘻嘻地喊他："钟兄！"他翻身下马，将缰绳给一旁的小厮牵着，继续招呼道："好久不见。"

钟叙也向他回了礼。他看着王府仆从拿着匾额，像是猜到了什么，微微皱了下眉，问付知况："这是……"

"和我没关系啊。"付知况当即撇清自己，"是我爹硬要送的。"

钟叙：……

"我都和他说了，送这个破匾额还不如把我送回来。"

钟叙：……

他无语片刻，同瑞王府的人说道："王爷的好意钟某心领，只是这不合规矩，还请把东西拿回去。"

"这……"管事犹豫片刻，看了自家世子一眼，用眼神请示着。

付知况摆摆手，示意他拿走，然后小心翼翼地凑到钟叙身边，问道："我合规矩，可以留下吗？"

钟叙瞥了他一眼，语气平和地说："先前不是巴不得离开这里吗？再说，王妃娘娘舍得再放你回来？"

"先前是先前，现在是现在。"付知况双手交叠在胸前，一本正经地看着钟叙，"在府里的这些天，我仔细想了想你在山洞里问我的那个问题，觉得这辈子除了吃喝玩乐，确实得做点有意思的事，不然白活了。

"和你一起并肩作战就挺有意思的。

"至于我娘那边……我爹会劝着的，而且儿大不由娘嘛。"

钟叙内心：怎么听着怪怪的，这话不是这么用的吧？

见钟叙没作声，付知况用肩膀撞了他一下，追问道："好哥哥，行不行，给句话，我是真的想从军的。"

钟叙回过神，看着付知况小狗似的充满期待的眼睛，缓缓吐了口气。

"走吧。"他回答道，转身向军营里走去，"新兵。"

付知况愣了一下，而后眼睛都亮了。他看着钟叙的背影，像追光一样迈步追了上去。

"来了，等等我！"

End

A moored

你以后要是还出不了戏,
我来负责。

A moored boat

梦迢迢/Text

终有平波
能泊舟

坚持追梦新晋导演 × 天生戏骨当红流量

终有平波能泊舟

文 / 梦迢迢

拖延症晚期,小甜饼爱好者和生产机。

· 01 ·

　　这个春天,娱乐圈最炙手可热的人便是导演周涟。

　　去年年底,他靠一部小成本电影获得了玉像奖的最佳导演奖项,第二天便凭借各种采访视频一炮而红。

　　周涟是一位谦逊、帅气、年轻的天才导演,娱乐圈大约五十年都没有出现过这样的人物了。随着各种邀约纷至沓来,人们发现,这位天才导演甚至还很有综艺感,比很多明星都更像个明星。周涟活跃了半年,在五月底宣布自己要创作新电影,是一部题材偏压抑的文艺片。各大影视公司纷纷抛来橄榄枝,有的想投资,有的想塞自家艺人过来。周涟挑挑拣拣,一时定不下主演的人选,投资方旁敲侧击问他有什么要求,他含糊其词,说要看感觉。

　　这个圈子看人下菜碟,你有本事,就可以拿乔。如此拖了大半个月,某天制片人过来问,电影里还有没有没定下来的、不算太重要的角色,江泊舟想要一个。

制片人说出江泊舟的名字的时候，周涟有点不敢置信。他故作镇定地滑动鼠标，漫不经心地开口道："他怎么突然想拍电影了？还是我们这种的？"

江泊舟今年二十九岁，是如日中天的一线流量小生，发条微博一夜能有十几万转发量的那种。

制片人因为这个天上掉的馅饼正满脸笑容："流量明星想搞口碑了，拍个文艺电影是常有的操作，更何况你刚得奖，正炙手可热。他不挑角色，说是个配角就行，你看着给个不太重要的角色，对我们的宣传也会有好处。"

周涟道："还得看看，他来试镜吗？"

制片人以为周涟不同意，哄道："你别看他现在只演些偶像剧，其实他是童星出道，以前还演过方导的电影，十六岁就得过奖，演个配角是肯定没问题的。"

周涟单手撑着脸颊，一副不在意的样子，心里却想：这些事哪用你来说，我清楚得很。

他确实对江泊舟的履历如数家珍，对方六岁就演少年皇帝，十二岁正儿八经参演第一部电影，十六岁获得最佳男配奖。那个时候网络还不发达，周涟却记得江泊舟的半身像清晰地印在街边卖的电影杂志上，他穿着浅灰色的西装，神情有些腼腆，配文是"天才男演员江泊舟"。

江泊舟十六岁出演的电影《小路》就在周涟奶奶家的村里取景。周涟在土坡后面看见拥挤的人群和庞大的电影设备，被围在人群之中的江泊舟仰头望着天空，看上去脸上没有表情，但这一幕却拥有直击人心的力量——那是他在表演被拐卖的小路知道真相时的片段。

那会儿江泊舟还没长开，一张带婴儿肥的小圆脸，身材瘦削窄长，只是眼睛很亮，瞳孔很黑。看他的表演，你不会把他当成一个小孩，周涟觉得那应该算是艺术家。

那个时候周涟也才十六岁，正读高一，刚放暑假。原本迷茫的内心突然有了个坚定的梦想，他想如果他要拍电影，一定要找江泊舟来演男主角。

这个念头开始像海上的探照灯一样照亮着他前进的道路，十八岁那年，他想报考电影学院，但父母不同意，于是他自己租了个地下室备考。地下室里老鼠蟑螂横行，那个时候他心里有盼头，他想要拍电影，他要江泊舟演他的电影——就这样的念头，让他坚持下来了。

可是十八岁的江泊舟演完最后一部电影之后突然没了动静，二十二岁再一次出现在荧幕上，是演了一部老少咸宜的青春偶像剧。周涟当时在国外深造，听到这个消息心想演多了电影想要休息一下也是有必要的，没想到之后电视剧综艺接踵而来，江泊舟就是再也没有演过电影。江泊舟在娱乐圈里的形象也从"天才演员"变成了"流量明星"，也不是说哪个就比哪个强，只是作为一个他的"演技粉"，周涟心里挺不是滋味。

这个不是滋味到后面就成了恨铁不成钢，周涟提起江泊舟的时候变成了不屑一顾的态度，觉得对方不上进。有人说江泊舟是"娱乐圈伤仲永"，周涟觉得不是，他肯定还演得出来，只是对方不想演了。

· 02 ·

试镜那天周涟没有来得太早，他在地下停车库沉思，思索他应该用什么样的态度面对江泊舟。就在这时,一辆保姆车停在了他的边上,车上的人急匆匆下车,虽然戴着墨镜和帽子,周涟还是一眼就认出,这个人就是江泊舟。

对方摘掉帽子的时候,周涟也下了车,话语自然而然地从他嘴里冒了出来:"欸,江老师,好巧啊。不着急,我也还没上去呢。"

江泊舟一愣,神情有片刻的迷茫。

周涟想到对方可能还不认识自己,忙说:"我是导演周涟。"

江泊舟恍然大悟,露出笑容道:"是周导啊,那刚好,我们一起上去。"

周涟点了点头。

在这短暂的接触中,周涟心里就有些不悦,他看了那么多江泊舟的电影和采访,在心里早就笼统地构筑出了一个江泊舟的样子。他想象中对方应该是谦逊内敛的,既然来试镜应当早知道导演是谁,长什么模样,又或者不应该接话接得如此圆滑,总要有些羞涩才好。

江泊舟好像猜到他所想,开口道:"不好意思,先前只在视频和照片中看过周导的样子,一时没认出来。"

周涟道:"那是,照片毕竟精修过。"

江泊舟又笑:"我觉得现实中看起来更帅。"

周涟用余光瞟他,对方长着一双狭长的桃花眼,眼裂很长,睫毛浓密,顶光下虽然睫毛的阴影盖住一半眼睛,但仍显得眼中水光潋滟,鼻梁高而挺,嘴唇因为微笑而拉薄,唇色略显苍白,显然一点妆都没带。他脸型长而窄,下颌棱角分明,这张脸若是放在大荧幕上,导演需要烦恼的该是如何让他显得不这么完美。

这张脸说出人情练达的话来,竟让人觉得有点吃惊,相比之下反而是周涟不知道说什么了,眼神回避道:"和你一比,谁都说不上帅了。"

江泊舟道:"我是演员,毕竟靠脸吃饭。"

电梯到了,周涟先一步出去,他总觉得不得劲,脑子里浮现起十六岁的江泊舟的样子。他还记得当时自己偷偷打开客厅的电视看江泊舟的采访,十六岁的少年微低着头,因为不好意思说话,扯着刘海似乎想用头发把自己的脸遮起来。

怎么现在就完全变了个人呢?

一直到试镜室,他仍然思考这个问题,直到制片人问江泊舟:"剧本都看了吧,对哪个角色感兴趣,想试哪个片段?"

· 03 ·

没意思。

那天试完镜,周涟就浑身不得劲。江泊舟演得中规中矩,不能说太差,也不能说太好,但是周涟还是觉得对方会演戏,只是对方有意留一手,就好像是水渠被大坝拦住了,无法倾泻出来。

他晚上做梦梦见江泊舟,对方充满灵气的眼睛突然像是结了层霜,漠然地从高处望着他,周涟醒来之后突然明白那种违和感来自哪里。江泊舟试戏的时候不入戏就算了,连平时待人接物都不入戏——换种说法,他平时就在演戏,只不过他在演一个滴水不漏的大明星,彬彬有礼,如在云端。

辗转反侧了一周,周涟决定相信自己的眼光。他给江泊舟发微信,斟词酌句半天,还是发了自己最想问的话:你过来试镜,是自己的意思还是公司的意思?

对方估计忙,过了好一会儿才回:主要还是我的意思,我很喜欢这个剧本。

周漼一看这标准的公关回复,就忍不住无奈笑了。他直接给江泊舟打电话,对方一接通就直接问:"你要是真喜欢,为什么不演杨曲义?"

杨曲义是剧本里的主角,一个落魄的乡镇老师。

江泊舟显然愣住了,过了一会儿才说:"我演不了。"

周漼还是打直球:"演不了还是不想演?"

这次对方沉默了更久,周漼耐心等着,听到对方开口:"我不想演。"

周漼气笑了,他挂了电话,给制片人打电话,说:"给江泊舟的工作室发个通知,让他一周后进组。"

· 04 ·

江泊舟行程繁忙,真正进组已经是一个月后。

此时周漼正在一个小镇学校拍摄,学校放暑假,正好空着,可以租给他们。正值酷暑,又是室外,整个剧组像是蒸笼上的包子,江泊舟到了的时候周漼正在拍一场追逐戏,三个小演员从教学楼跑到操场,当他们气喘吁吁躺在操场上的时候,江泊舟出现了。

周漼对这场戏不满意,本来就有些生气,喊了"cut"之后转过头去,看见江泊舟戴着帽子墨镜口罩,整个人包成阿拉伯妇女的样子。

待江泊舟走近,周漼忍不住问:"你不热吗?"

他这话多少带点嘲讽的意味,对方过来拍戏,还害怕晒黑,一点都不敬业,没想到江泊舟老实道:"热。"

周漼就直说了:"你担心晒黑吗?是这样的,你的角色可能不是很白。"

江泊舟愣了两秒，随即摘下了墨镜帽子，面带歉意道："习惯防晒了，但在外貌方面我肯定是愿意靠近角色的。"

周涟"嗯"了一声重新望向摄像机屏幕，心里对江泊舟这滴水不漏的样子莫名不满。他在屏幕上重播刚才的片段，突然心中一动，转头对江泊舟说："你来看看，觉得这段怎么样。"

江泊舟犹豫了一会儿，还是倾身靠近屏幕，他身上带着点古龙水的香味，气息灼热。周涟莫名紧张，指尖微颤，他发现江泊舟果然是他年少时的偶像，在自己心中的地位有些不同。

片段很快放完，江泊舟沉默不语。

周涟抬头问他："怎么样？"

江泊舟道："说不上来，好像缺点什么？"

周涟问："缺点什么？"

江泊舟笑："那肯定是周导更清楚。"

又是官方发言。

周涟盯着他，江泊舟开始眼神躲闪，明显不自在起来，于是想要直起身。周涟却突然拉住了他的领子，在他耳边低声一字一句道："江泊舟，你分明懂。"

江泊舟扭头想叫助理，周涟却站起来，说了句"休息一会"，就拉着江泊舟往教学楼走。江泊舟的助理过来，周涟道："我得给他试试戏，怎么，试戏都不行？"

助理迟疑了一会儿，江泊舟已经被周涟拉进了教室。进了教室，周涟直接关上门对江泊舟说："好好说，你觉得缺了什么，不然我不让你出去。"

江泊舟看着周涟的强盗行为目瞪口呆。

周涟开了教室的电扇，拉了张凳子坐下，岔着腿仰头看着江泊舟,一副"你不说我没完"的样子。

江泊舟开始觉得荒谬,现在也被激起了血性,脸上不再是那疏离的公式化的表情,皱眉道:"按剧本说,主角王路被校霸追逐,最后三个人都累了,开始怀疑自己在做什么,那边除了累应该还有茫然,但是演员只表现出了累,没有展现出心理变化。"

周涟道:"如果是你可以吗?"

江泊舟一脸冷漠:"我年龄不符。"

周涟道:"我是说你十六岁的时候。"

江泊舟一愣,看着周涟的脸。

周涟说:"你当然可以,你十六岁的时候就可以演小路,那现在就可以演王路。《小路》我看了十遍,江泊舟,你怎么可能不会演戏呢?"

· 05 ·

周涟的新剧本其实讲了这么一个故事。

高中生王路本来品学兼优,但是因为父亲和情人一起出了车祸,开始变得郁郁寡欢起来,因为他不仅失去了父亲,还得知父亲品德有瑕,精神恍惚中他得罪了学校的老大,结果遭到校园霸凌。母亲陷入悲伤中无暇顾及他,奶奶卧病在床,家里人甚至不敢告诉她父亲去世的消息。在巨大的压力下,王路决定辍学打工,结果在打工过程中,意外目睹老板娘被老板家暴的场景,告发老板他会失去工作和容身之地,不告发又良心不安,他因此陷入更大的压力之中。

这是明线,还有条暗线是关于王路的数学老师杨曲义。杨曲义性格沉闷无趣,但是很关心学生,他一直试图找王路谈心,为此还去过王路打工的地方,闹出了很多笑话。然而温情的背后是一场悲剧，杨曲义是被父母领养的小孩，他被领养不久之后，养父母就有了自己的孩子，他则被丢给了乡下的奶奶。在杨曲义艰难长大后，养父母不断向他索要钱财，令他穷困潦倒，在帮助王路的过程中，杨曲义也撕开了心里的伤疤。

这个黑暗底色的故事是以喜剧的形式来展现的，喜剧的部分来自杨曲义，同时杨曲义也是这个剧本的灵魂。

周涟盯着江泊舟的脸，再一次直白地问他："你能不能演杨曲义？"

江泊舟靠在桌子上，头发因为汗水黏在白皙的皮肤上，纤长的睫毛盖住眼睛，在眼下投下一片密密的阴影让人看不清神情，但他身上的气质已经与先前完全不同。如果说先前是个完美无缺的人偶，那么现在他展现出自己原本的灵魂，看上去有些脆弱和疲惫。周涟几乎立刻就被吸引，他开始想象这样的江泊舟在镜头里的画面，光是这个想象，就让他灵感如烟花般迸发。

不知过了多久，太阳开始西斜，窗玻璃透出了橙红色的夕阳，将他白皙的皮肤染成蜂蜜色。江泊舟突然抬手将汗湿的头发捋到脑后，说："我演不了，我有重度抑郁症，医生说我不能轻易入戏。"

他抬眼，周涟终于看清对方的眼神，带着无奈和苦笑。江泊舟道："我真的不能演，我也不敢演……这样的角色，虽然我知道，他很好。"

· 06 ·

抑郁症最严重的时候，江泊舟把自己关在房间里一个月没有出门。

像是整个人沉在水中不断往下坠，他提不起任何力气去做事，也不知道打起精神去做事有什么意义，他整夜整夜的睡不着，几乎花所有的时间去思考活着有什么意义，最后得出的结论是活着没有意义。

有一段时间他又产生了精神分裂的症状，江泊舟觉得自己是小路，是那个被买卖又被抛弃的孩子，父母投向自己的目光不是担忧而是不怀好意，他不想看见父母也不想看见朋友——实际上因为从小在剧组长大，他也几乎没有什么同龄的朋友。他瘦了二十斤，却因为身处发育期长高了五厘米，于是看起来像皮包骨头，偶尔清醒的时候他看见镜子里的自己，会讶异这样一个骷髅架子居然还活着，感慨人体的神奇。

他觉得自己肯定活不过冬天，但是那个冬天的晚上母亲抱着他，泣不成声：ّ"我不要什么天才演员儿子了，我只想要一个健康的孩子。"

眼泪落在他的皮肤上滚烫灼热，江泊舟只觉得自己的灵魂突然抽离，从高处看着自己，他不知道自己在做什么，竟让最爱自己的人如此伤心，心里的角落终于燃起了一点关于生的火苗。

江泊舟开始积极吃药，花了两年时间让自己看起来正常，但随后因为应邀参演一部电影，他的病又差点复发，于是他决定，不再演那种过于沉重的题材和过于复杂的角色。

杨曲义就是一个复杂的角色，因为复杂他极具魅力，所以任何演员看见的时候都会迸发出强烈的想要饰演的冲动。但是江泊舟很快退缩，因为他知道如果演这个角色，迎接他的又会是心灵上的滔天巨浪。

他望着眼前的周涟，他相信这个才华横溢的导演知道他在说什么。

周涟当然知道，读研的时候他就有几个同学因为抑郁症休学，搞艺术创作的人因为敏感的性格很多都会碰到这样的问题，而这也通常标志着艺术生涯的落幕。他开始沉默，正因为明白这件事的可怕，他无法轻易做决定。

江泊舟苦笑着轻声道："如果觉得这样的我不合格，不用管合约，我走就好了。"

周涟抬头看着他，脸上几乎带着一种哀求的神情："再试一次好不好，就一次。"

江泊舟看着周涟，对方如此诚恳，直接拒绝显然是行不通了。

他只好点了点头，说："只是试试，我不保证结果。"

· 07 ·

第二天晚上化妆师过来找江泊舟，说周涟让自己给他化个妆，再试试戏。江泊舟点头同意，化妆师拿深两号的粉底液把他皮肤涂黑，在眼角加了皱纹，把他半长不短的头发揉乱，令它从原本的韩式精致发型变成了一个好像睡醒没梳头的凌乱鸟窝头，就这样她还不满意，说："江老师，你头发也太多了，我得给你削薄一些。"

这个形象搞到一半，他心里就懂了九成，待到化妆师把他的衣服换成一件磨毛的格子衬衫，他也就全懂了——这果然是杨曲义的造型。

化妆师搞完妆造，说周涟让他去校门口，江泊舟顶着这个造型走到门口，竟然没几个人认出他来。他从学校铁门出来，看见周涟正跨在一辆电瓶车上等他，看见他就拍了拍后座，说："来，上车。"

江泊舟被这一幕逗笑了："你从哪找来的？"

周涟道："问保安借的，你快上来，我带你去吃饭，回来还要还呢。"

江泊舟跨上去，周涟立刻启动车子，马路上的空气本来是一股被太阳烤热了的车尾气味，随着电瓶车的行驶，渐渐变成了树叶气味。有凉爽的风迎面吹过来，同时传来的还有周涟的声音："挺凉快吧，是不是很久没坐电瓶车了？"

江泊舟思索了一下，道："确实，上次好像还是大学的时候。"

周涟道："你大学怎么不念戏剧学院？"

"那时候以为不会再演戏了。"

周涟的声音在风中忽轻忽重："那为什么还是演了？"

江泊舟没说话，周涟仿佛替他回答一般自言自语道："还是喜欢演戏吧？就算演不了太复杂的，也得试试过个瘾，是不？"

江泊舟被这说法逗笑了，但他仔细想了想，还真是这个理。

周涟又说："你知道我的主角之一为什么叫王路不？"

江泊舟又忍不住笑："我还以为只是巧合。"

周涟干脆也不瞒了："你那个时候的电影每部我都看了十遍以上，用现在的话说我当初是你的铁杆粉丝，你懂不？"

江泊舟更惊讶了："骗人的吧。"

"骗你干吗。"周涟在风声中高声道，"演得太好了，你是天才演员，老天爷简直把饭塞到你嘴里，用现在的话说，小路！永远的神！"

被那么直白地夸奖，江泊舟多少有点不好意思，他其实被夸多了。但是这几年，大家提起他，一般就是夸他的外貌好、夸他情商高、夸他宠粉，没人夸过他的演技，他发现被夸演技是最快乐的。

只可惜……

江泊舟苦笑："你说老天爷把饭塞到我嘴里，我倒是觉得，我可能不适合吃这碗饭，容易消化不良。"

周涟没接话，他停下车道："我们的目的地到了。"

· 08 ·

周涟把他带到了一个烧烤摊，江泊舟立刻明白他的用意。剧本里王路打工的地方就是一家夜宵烧烤店，杨曲义为了劝王路回学校，每晚都过来吃饭，最后吃出了个急性肠胃炎。这件事的悲剧底色是，有着稳定工作的杨曲义，竟在医院付不起医药费。

原来是这场戏。

此情此景，又是这副装扮，江泊舟几乎本能地入戏了。他开始微微驼背，走路拖着步子，坐到椅子上的时候有点畏缩和不习惯，他抬眼看了下周围，鼻尖渗出汗来，江泊舟拿手指蹭了蹭，随后又好像想到什么似的，去拿桌子上的纸巾。

周涟望着这一幕，整个心脏跳动的像是烧开的水壶，他简直想要尖叫，想要抱住江泊舟，说"这就是我心中的杨曲义"。江泊舟此时完全没有偶像包袱，他缩着脖子坐在椅子上，看着菜单皱着眉头。

他叫来老板点菜，点了两个最便宜的蔬菜，又不舍得，嘟囔着："这么贵啊。"

老板道："这条街都这个价格，不信你去问问。"

江泊舟，或许这个时候应该叫他杨曲义，他点点头把菜单递回去，说："那再加个玉米吧。"

因为有点紧张，他的手指捏皱了菜单。

他的紧张是杨曲义的紧张，他的表演松弛、自然、毫无修饰痕迹。

周涟太满意了，他看着江泊舟吃完，坐在原地又看了下周围，随即露出失望的目光来,接着他站起来,把手插在口袋里去柜台结账,不过他口袋里当然没钱,周涟连忙过去结账。

两人从烧烤摊结伴出来,到了停电瓶车的地方,江泊舟仍然低着头,眼中是一片漠然,周涟知道他可能又很难出戏了。周涟的心中有敬佩也有不安,忍不住抓住江泊舟的手,却感觉到江泊舟手指冰凉,像是生病了一样。

周涟道:"江泊舟,你看过《小王子》吗?"

因为这意外的话,江泊舟出了戏,抬头看着他。

周涟道:"玫瑰一点都不特别,但是在小王子心目中独一无二,生活很普通,但是我们可以创造出一些东西让生活独一无二,只要生活中有你所眷恋的东西,你一定能够出戏。"

江泊舟道:"我觉得我有,但是还是很难。那个时候是我母亲拉我出来的,但是她现在老了,我不能再让她担心。"

周涟看着他:"我可以吗,我可以变成你心目中那个重要的人吗?"

江泊舟微怔:"我们刚认识。"

周涟按住他的肩膀:"我会努力,这样吧,先从今天晚上带你兜风开始。"

· 09 ·

在小镇兜风别有一番趣味,特别是对于事务繁忙已经许久没有休假的江泊舟来说。

这天晚上他睡了个好觉,次日早起准备晨跑,开门却看见周涟就在门口。

周涟展露出一个八颗牙齿的灿烂笑容,说:"晨跑吗?一起啊。"

江泊舟觉得好笑:"谁告诉你我有晨跑的习惯?"

周涟道:"你的助理啊,我都打听了,你只要有机会就会晨跑对吧?运动好,运动能分泌多巴胺,多巴胺能让我们快乐。"

江泊舟笑而不语。

两人在学校操场,跑到第二圈周涟开始坚持不下去了,但见江泊舟大气都不喘,就咬牙继续坚持。到第三圈,周涟宣布放弃开始走路。

江泊舟又跑了一圈,看见周涟坐在草坪上,汗水把衣服都浸湿了。

江泊舟走过去,玩笑道:"运动让人快乐?"

周涟竖起大拇指,咬牙道:"我很快乐。"

周涟非常努力。

努力的方向大抵是让江泊舟感到开心。

剧组空闲的时候周涟甚至滥用职权借用剧组的面包车偷偷带江泊舟去城里吃饭,美其名曰改善伙食,吃完饭如果有时间他们还会在车上看完一部电影。江泊舟察觉到这些电影都是由周涟悉心挑选的,因为大部分是搞笑片。

有的时候周涟会忍不住脱口而出一些自己关于电影的创作理念,但是当意识到自己在说什么之后就很快停嘴,似乎担心这样会影响到江泊舟的情绪。说不感动肯定是假的,江泊舟相信这个世界上不可能有另外一个导演如此重视自己,千里马常有而伯乐不常有,周涟既像他的伯乐,又像他的知音,再加上杨曲义这个角色如此具有魅力……江泊舟渐渐动摇,想:我为什么不试试呢?

某天周涟结束夜戏,已经是半夜两点,回房间的时候他看见江泊舟在门口等他,影子斜斜拉在墙上。周涟若有所查,心头狂跳,看见江泊舟抬头问："你真的觉得我能演好杨曲义吗？"

周涟坚定道："只有你能演，我心目中的杨曲义只能是你。"

江泊舟抬头，酒店昏暗的灯光让他的面孔呈现出一种老照片的质感，他眼角含笑，伸出手来："是我的荣幸。"

周涟也伸出手，紧紧握住江泊舟的手，他激动到说不出话来，只是手越握越紧。

第二天江泊舟投入拍摄。

助理最开始震惊于江泊舟拿到的居然是这么重要的角色，随后就开始对江泊舟表现出来的实力感到震惊，他甚至无法压抑住自己的表达欲，开了个微博小号，在上面发出感慨：真的，好多好演员都被资本毁了！偶像明星里也有天才！

且不说后来电影上映这个微博小号被人挖出来分析是不是在说江泊舟，至少在这个剧组，所有人都对江泊舟服气了。工作人员甚至都已经不管他叫"江老师"而叫"杨老师"，而化妆师每天化完妆就会端详着江泊舟的脸："这张脸，原来也能那么普通啊。"

江泊舟回以沉默。

事实上，他越来越沉默了。

有的时候他似乎失去了存在感，人们冷不丁发现他常常在某个角落发呆，但不至于让他们担心的是——周涟也陪在江泊舟的身边。

有时候他们在一起听音乐，有的时候一起刷短视频，有的时候周涟也只静静坐在江泊舟身边，陪着他一起发呆。

两个月后江泊舟的戏份结束，也宣告着电影拍摄结束。杀青宴上大家热闹狂欢，周涟看见江泊舟默默走出了酒店，他也跟了出去。

周涟看见江泊舟坐在酒店台阶上，捡了个地上的烟屁股，似乎在犹豫要不要抽。

这是杨曲义会做的事，绝不是江泊舟会做的，江泊舟根本也不会抽烟。

周涟大步向前，把江泊舟手上的烟屁股拍掉了。江泊舟抬起头来看着他，短暂地皱眉，随即又露出有些胆怯的笑容："不好意思，大家玩得开心，我居然出来了。"

周涟心跳如响雷，连带着耳膜似乎都嗡嗡作响，他甚至有些后悔，他想：为了电影，值得吗？

值得吗？

一股冲动突然填满了他的心房，他拉住江泊舟开始奔跑，一直跑到了这个沿河而建的小镇的边缘。来到河边，这里没有路灯也没有人烟，晚风吹过草地，传来哗啦啦的声响。

周涟按着江泊舟的肩膀，开始高声唱歌。

他唱的是最近的流行歌曲，也是他经常和江泊舟一起听的，曲调简单。中间歌词忘了，他用"啦啦啦"带过，江泊舟几乎在第一时间就一脸惊呆地望着周涟。唱到第二首，震惊变成了恍惚，恍惚又变成了笑容，他跟着周涟一起唱了起来，把周涟忘记的歌词也给补上了。

两人唱完这首，江泊舟笑得蹲在地上，说："周导，你跑调很严重啊。"

周涟揉了揉鼻子："再怎么完美的人，肯定也是有点缺点的。"

江泊舟仰头竖起大拇指："够自恋，我都不敢说自己完美。"

周涟拍开他的手："你这话更自恋吧。"

两人笑够，渐渐沉默，坐在河边草岸。天上只一轮弦月，星河灿烂，周涟忍不住说："这星空跟头皮屑似的。"

江泊舟道："你一个文艺片导演说话也太不浪漫了。"

周涟道："可是真的有点像。"

江泊舟扭头望着他："我出戏了。"

周涟只觉得提在心头的一口气突然放下了，他躺到地上，说："怎么样，是个好主意吧，电影终归是虚拟的，只要现实更吸引你，就一定能走出来。"

江泊舟道："确实，你唱的歌让我饱受冲击。"

周涟道："别损我！有用不就行了，总之你以后要是还出不了戏，我来负责。"

说完这话，周涟忽然不好意思，觉得这大话好像说过头了，他就算想负责，人家江泊舟凭什么让他负责啊。他想说点什么话补救一下，但还没想出来，江泊舟就伸出手来悬在空中，说："那就说定了，你不准反悔啊。"

周涟盯着那只手，因为太惊喜一时反应不过来，直到江泊舟又说了句："击掌啊，怎么，已经反悔了吗？"

周涟抬起手拍上去，一声脆响在这个寂静的夜晚响起，沿着平静水面的细波，一直荡到了远方。

End

得寸进尺
PUSH YOUR LUCK

文 / Ansthe

脱发修仙专业户，Flag 大法一级受害者。

≡ 01 ≡

禄城限制每日供电，一到夜晚哪儿都是黑的。江裕骑着摩托驶过老旧的街道，打开车灯，熟练地钻过那些七扭八拐的巷子。车前的白炽灯照亮了巷角里不起眼的双层小阁楼，还有几个蹲在店门口的少年。

江裕挑眉，三两下将车停好，拉开卷闸门，不紧不慢地打开他用废弃零件做的发电机，小阁楼一下子亮了起来。一楼是他的店铺，屋内很乱，满地的扳手和零碎部件，江裕坐在唯一一张椅子上，依次打量着陆续走进店里的几人，待看到他们空荡荡的手时，他皱起了眉头，手指有一下没一下地敲打着桌面。

察觉到他的不满后，为首的高个子男孩抢先开口："裕哥，我们这次本来行动挺顺利，都是因为这个新来的，他也不知道机灵点，搞得这周的货被扣下了。"说着他一把将队伍末尾的男孩推出去。那是张陌生的面孔，穿着一套干净的运动服，站在队伍里格格不入。

江裕嗤的一声笑了出来，这群男孩在禄城也算小有名气，他们平日里游手好闲，偶尔会做些偷鸡摸狗的事，对附近的地形了如指掌，知道怎么躲过例行检查。江裕每次找人私下运输定制的零件都会找他们帮忙，他给钱一向大方，这群男孩们也喜欢帮他做事，所以他们合作很久了。但随着新检阅官的到来，想要私下运零件变得越来越困难。江裕给过他们几次机会，结果没有一次成功的，这次又找来了个替罪羊，想着让江裕出出气这件事就能过去，可惜江裕不喜欢迁怒别人，他们的如意算盘终究是打错了。

　　江裕上下打量着那个有几分面善的男孩，开口道："别找借口了，这个月已经是第四次了，到底是谁的问题我心里清楚。"他话锋一转，看向高个子的男孩："我知道新来的检阅官难搞，所以早就提醒过你们。算了，近段时间你们不用帮我送货了。"

　　高个子男孩有几分不甘心，还想说些什么，但犹豫半天，最后什么也没说，只是接过江裕递来的报酬，冷哼一声扬长而去。其他几人也跟在他身后陆续离开了，只剩下那个新来的男孩仍旧站在原地没动。

　　"你不走吗？"

　　"我……我是从首都来的，最近才到禄城，走在半路的时候，被他们绑了过来，身上的钱也被抢走了。他们明明说事成之后会还给我，但——"男孩低着头，涨红了脖子。

　　"但他们没成功，而且还抛下你了。"江裕摇摇头。这种事发生在禄城再正常不过了，这几年他早已司空见惯。

　　突然，那男孩抬头望向他，眼里有几分倔强："我可以留下吗？"

　　"为什么？"

　　"整个街区只有这里有灯。"

江裕本想拒绝，但看着他有些狼狈的样子，忍不住想起了自己初到禄城的模样，勾了勾嘴角："叫什么名字？"

"楚齐。"

"那你就跟着我吧，"说着，江裕将手边的顾客订单和花名册通通扔给他，"不准偷懒，现在就开始工作，这个月的货又不能准时发了，你照着订单挨个打电话道歉。"

说完，他扯过计算器，噼里啪啦地算着这次的损失费，算到最后他抬起头，透过窗户看向远处那唯一亮着的大楼，咬牙切齿地念出了一个名字："宴殳。"

02

随着新纪元的到来，工业文明进入了新阶段，机甲广泛运用于星球的各个方面，其中技术难度最大的就是用于安保系统的武装战斗型机甲，专供检阅官操控。

江裕是一名机械师，三年前从首都来到禄城。这座落后的边缘小城人口众多，鱼龙混杂，主动来这儿的人很少，大多都是出不去的人，只能留下。

江裕刚到这里时就被人骗了，好在最后剩下的钱足够租下一间不起眼的小阁楼。那阁楼一共有两层，他住在二楼，一楼则用来开店。江裕手艺好，做出来的东西远超禄城的其他机械师，很快就名扬整个禄城，回头客无数，没多久就在禄城站稳了脚。

安定下来后他买下了那栋阁楼，不少客人问他为什么不换个好点的地方，他说比起进一步拓展业务，他更喜欢不被打扰。江裕对谁都笑眯眯的，除了基础要求之外，从不多问客人的信息，几乎什么订单都接。但提到武装型机甲，他便说自己不会。

禄城物资匮乏，能买到的零碎部件大多都是市场上的淘汰货，但凡有些追求的机械师都会偷偷从外面找更好的零件，江裕也不例外，他不能忍受自己的作品有瑕疵，哪怕平日里大多只是修理些普通的东西，他也会根据所需的零件，自己画设计图，再偷偷托关系找更好的资源。

禄城靠近边境，时常会发生暴动，首都每年都会派出一支检阅队驻扎于此，带队的检阅官一年一换，镇守边境的同时也负责监管禄城的秩序。为了确保安全，城内所有的私人运输都要例行检查，连城外来的生活物资都需再三审核，运输机械零件更是件难事。

之前的检阅官们还算好说话，江裕也一直安分守己，从未做过出格之事，他们睁一只眼闭一只眼就过去了。

直到半年前，边境的检阅官换人了。

新的检阅官乘着新型机甲抵达禄城那天，万人空巷。江裕也不例外，早早地关了店铺，走到大街上，却没想到看见了熟人，还是最不想见到的人。

☰ 03 ☰

"新官上任三把火"这话江裕能理解，但他没想到宴殳做得这么绝。每一个关卡都安排了人严防死守，硬生生地扣下了他这个月的所有零件。本来早该完成的订单拖了又拖，拖到最后他实在不好意思，给客户挨个退了款。

为了躲过搜查，江裕换过无数个假名，但不管他披什么马甲，最后的罚款单总能精准地送到他本人手上。看着桌上那一沓罚款单，江裕长叹了口气，哪怕这么久没见，宴殳还是像之前那样，喜欢压他一头，一次都不肯放水。

江裕曾经是个公认的天才，准确而言是在宴殳出现前。

江裕从小就喜欢机甲。其他小朋友成群结队地在外头嬉笑打闹时，他喜欢一个人待在房间里面，不是观看新型机甲的视频，就是拿出螺丝刀摆弄家里的小型机器人，甚至在十岁时靠着网上不靠谱的教程，把机器人改造升级后拿下了那年"业余机甲大赛"的第一名。发表获奖感言时，他认真地想了很久，最后说想成为首席机械师，设计出自己的机甲。

从那时起，他开始系统地学习机甲的相关知识，并在十八岁那年以第一名的成绩考入了卡斯拉大学机械系。卡斯拉大学是整个星球唯一的机甲学院，里面最难考的专业就是机械系，机械系里聚集了一群最优秀的机械师人才，历来最有名的机械师都出自这里。

江裕在卡斯拉大学里，靠着次次第一的成绩，他成了人们口中百年难得一遇的天才，就连江裕自己也觉得没有人能比得过自己，直到宴殳出现。

宴殳在江裕入学半年后进入学院，以转学生的身份直接进入机械系。他不爱说话，平日里也总是独来独往，江裕至今都还记得自己第一次和他打招呼，宴殳只是冷冷地瞥他一眼。

真冷。江裕那时心想。

宴殳比江裕小一岁，恰好被分到江裕的宿舍，两人抬头不见低头见。江裕常常主动找他搭话，起初宴殳还有些抗拒，时间久了两人相处得竟还算不错。

宴殳的空降让很多人不服，对他的非议也越来越多，跑到他面前来挑衅的大有人在。宴殳对这一切满不在乎，面对那些辱骂他的人，他也只会淡淡地一瞥而过。

江裕觉得这样不行，太好欺负了。所以他每次都会跳出来，挡在宴殳身前，凭一嘴之力力战群雄，但奇怪的是，每当那时宴殳总会似笑非笑地看着他。

很快江裕就知道为什么了，宴殳接连几次拿下了全系考试的第一名，那些非议的声音消失了，一同消失的还有属于江裕的天才光环。江裕眼睁睁地看着自己的光环出现在了宴殳头上，那个原本被他护在身后的宴殳。

好气哦。

江裕痛定思痛，对宴殳放下狠话，说自己会超过他。宴殳上下打量了他几秒，说了句："试试看吧。"脸上依旧带着那副令人恼火的、似笑非笑的表情。

江裕废寝忘食，紧盯着宴殳，生怕对方背着自己努力。可在之后的三年里，他只赢过两次。一次是因为宴殳病了，另一次是最终的毕业考核，宴殳根本没参加。

严格意义上来说，他又似乎从未赢过。

04

楚齐已经一个上午没有听到江裕说话了。他跟着江裕整整一个月了，这一个月里店内一直没有新的进账，但江裕并不在意，仍旧是那副笑眯眯的模样，还老喜欢拿他打趣。

直到今早，在江裕接完一个电话后，他明显感受到气压变低了，变得比每次新的罚款单寄来时还低。他站在不远处看着江裕正坐在窗户前，一动不动。

下午，江裕终于爆发了，对着窗外破口大骂。

江裕一直以为，宴殳虽然针对他，但还算个正人君子，平日扣下他的零件也算是秉公执法，但今天他接到同行的电话，才知道这段时间以来,只有他的货每批都被扣下。

从知道新来的检阅官是宴殳开始,江裕就一直避免和他产生正面冲突,但这次明显是宴殳故意而为。是可忍孰不可忍,江裕一气之下把自己关在房间整整两天,不眠不休地做了一个特制的硬盘,只需要将这硬盘连接到检阅官大楼里的任何一台设备,宴殳的工作就会全面瘫痪。

江裕和楚齐轮班蹲守,24小时守在窗前盯着检阅官大楼,两人接连守了好几周,终于摸清了规律。检阅军会在傍晚7点前下班,整栋楼只会剩下宴殳一人;而每周三傍晚8点后宴殳都需要去边境巡逻,他走后整栋大楼里空无一人,是最好的时机。

行动那晚,自大楼的灯暗下后,江裕迫不及待地骑上自己的摩托,示意楚齐坐在身后。楚齐有几分犹豫,但被江裕一把拽上了摩托。

江裕的计划进行得很顺利,楚齐负责在楼底望风,而他则想办法潜进大楼。他溜进去的时候已是深夜,四周一片漆黑,唯一能看清的就是楼底长亮着的摩托车灯。他事先交代过楚齐一套暗号,车灯长亮表示安全。

江裕在大楼内摸索了好半天,终于找到了能下手的地方,但就在即将连上硬盘那刻,他发现楼底的车灯变了,正三短一长地闪着。

三短一长代表什么来着?江裕还没反应过来就听见身后传来一道熟悉的声音:"这应该是告诉你计划有变吧。"

刹那间,本来一片漆黑的大楼灯火通明。

江裕脸一僵,缓缓回头,宴殳就在他正后方,两人离得很近,甚至能感受到彼此的呼吸。宴殳面无表情地拿过他手中的硬盘。

江裕和宴殳已经很久没见了,但万万没想到再见面会是这种情况。他眨了眨眼睛:"……好久不见,要不你听我解释一下?"

05

那天,江裕拉着楚齐灰溜溜地跑了。宴殳没多做追究,甚至在知道硬盘内容的情况下还主动把硬盘还给了他。江裕像一只斗败了的公鸡,却又想不通究竟哪里出了问题。楚齐见他郁郁寡欢的样子,弱弱地开了口,他说:"或许可以让我试试。"

活了这么多年,江裕终于明白了那句话,上天关上一道门的时候往往会给人打开一扇窗,如果宴殳是关上的那道门,楚齐就是那打开的窗了。

楚齐说是试试,没想到真的成功了,之前帮忙私运的那群混混少年多多少少都犯过些事,被盯得紧也算正常。但楚齐是新来的,长了副人畜无害的模样,宴殳千算万算也算不到他是江裕的人。

江裕满意地看着一批批新零件被成功运回来,摸着楚齐的头,恨不得冲到宴殳前大笑三声。

江裕对楚齐越看越满意。楚齐很懂事,会在客人上门时主动去招呼,其他的时候,他总是安安静静地坐在一旁,看着江裕工作,偶尔会帮忙拿个扳手或者拧个螺丝。很快江裕就发现了他在机械修理上的天赋,很多江裕只做过一遍的内容,他看完就能依葫芦画瓢地模仿个七七八八,甚至能帮江裕处理些简单的事情。

偶尔江裕也会有几分疑惑。楚齐穿戴整齐,为人礼貌,甚至还在机械修理上还有些基础,身份应该不简单,但为什么这么小的年纪就独自来了禄城呢?他知道这是楚齐的秘密,所以他从不问过,只是对他更好了。

随着生意蒸蒸日上,江裕以为之前的事都过去了,直到某天傍晚,宴殳押着楚齐和新到的零件来到了店内。

06

宴殳看到店里乱糟糟的样子，忍不住皱起了眉头。江裕做了一个深呼吸，笑眯眯地挡在宴殳身前。两人沉默良久后，江裕缓缓开口："什么风把你吹来了。"

"我来找你聊聊那些零件。"

江裕挑眉，将一旁耷拉着脑袋的楚齐拉到身后："行吧，没想到这么快又被你发现了，你赢了。不就是交罚款吗，截止日期前一定交。"

宴殳摇头："我可以给你的东西放行。"

"嗯？"江裕眼里闪过几分诧异，宴殳之前恨不得把他所有东西都扣下，哪会这么容易就放行，他抿了抿嘴，有些戒备地看着他，"你想要什么？"

"我想要你来帮我修复受损的机甲。"

"哦，现在的检阅官已经落魄到了这个地步吗？修复机甲还得自己找人。"江裕明白他的意思。宴殳抵达那天，江裕见过他的机甲。新型战斗机甲，曾经他最熟悉的东西。

他的手微微颤了颤，扯起嘴角，继续道："不用了，那些零件你收着吧，就当送你的任职礼物了。特殊的机甲我已经很久没碰了，现在的我只是个普通商人。"

"你就当是交易。"

"注意你的措辞，宴检阅官，"江裕眨了眨眼，敛去了眼底的笑意，"我做的都是正经买卖，别为难我了。"

"正经买卖？"

"当然，据我所知，禄城不允许私人装改战斗型机甲吧，不信你回去看看我所有被扣下的东西，我可是从来不碰这个的。"他转过身去,盯着墙上的钟,轻声开口,"而且,修理机甲真的需要我吗?之前我们还是同学的时候,你一直比我强,有你在的话,改装机甲这种事,轮不上我这个第二名吧。"

"又或者说,你是故意的?"江裕突然想起了什么,回过头冷冷地看着他,"故意来羞辱我,就像当年不参加毕业考核那样。"

"我——"宴殳还想说什么,却被江裕冷冷打断:"我能力有限,不适合那些东西,你走吧,在我说第二次之前。"

宴殳一怔,叹了口气,离开前说道:"给你三天时间,你要是来了,之后的每批货都能直接通行。"

望着他的背影,江裕仰起头:"大丈夫不为五斗米折腰!"

直到他消失在视线里,江裕才缓缓闭上眼睛,攥紧了手心,楚齐喊了他好几声都没有反应。

战斗型机甲,他真的好久没碰了。

07

战斗型机甲因为危害性强,精密系数高,无论是修复还是改装对机械师都有极高的要求,它的制作难度很大,真正能够设计并制作专业战斗型机甲的人少之又少,但这是江裕最喜欢的。

考上卡斯拉大学的机械系后,他选的第一门课就是战斗型机甲设计,由于这门课难度很大,所以十分冷门。

教这门课的程教授曾是全星球最好的机械师之一,他设计制作出了无数战斗型机甲,首都检阅军专用的特级战斗机甲也是出自他手。他年岁已高,退休后被卡斯拉大学请来做了教授。

程教授一向眼高于顶,上这门课的学生几乎天天挨他的骂,只有对着宴殳和江裕,程教授才会有个好脸色。他带着他俩做了很多不同的项目，认为两人都有成为首席机械师的能力。江裕一直都在和宴殳较劲，也不知道自己哪来的信心，每次输了都会去宴殳面前挑衅一番。宴殳也不恼，微笑着说毕业考核见分晓。

那场最后的毕业考试，江裕准备了很久，但正式考试那天，宴殳从始至终都未出现。江裕轻松地拿下了第一，接过毕业证的时候，却发现自己浑身的力气像被抽干了。宴殳说会等他，等着和他一较高下，而他也的确幻想过很多次自己拿第一的场景，但都不是在宴殳主动弃权的情况下。这种像被施舍一样的胜利，还不如输了干脆。

后来江裕因为毕业考核的出色成绩，最终如愿被聘为星球的首席机械师，专门负责战斗型机甲的设计。他时常望着那封聘书出神，总有一些不知名的情绪在心里翻涌。他常常想，如果宴殳也参加了毕业考核，还会是这个结果吗？

江裕在那个岗位待了两年，那两年里，他像个无头苍蝇一样不断制造新的机甲，但看着自己做出来的东西，却只觉得茫然。第三年时，江裕发现自己做不出东西了，那一刻他终于知道那些陌生的情绪来自哪里：在学院的三年，他盯着的只有宴殳一人，他羡慕宴殳能做到每一次精准的把控，也羡慕宴殳能不受任何情绪影响。首席机械师只有一个，他想赢过宴殳，但他更想让宴殳看到自己的光芒。这一切，随着目标的突然消失，变得没有结果。他被困在了原地，永远都无法超过那座已经不存在的山。

那年年末，江裕新设计的机甲在测试时出了问题，检查后发现自己居然犯了最简单的错误。他引咎辞职，抱着东西离开的时候，迎面遇上了新一批入职的检阅官。在人群中他瞥见了宴殳，无故消失后又突然出现的宴殳——那是他作为检阅官上任的第一天。

江裕侧过了头。他不想再见到这个人。骗子。

08

新的暴动出现时，整个禄城都受到了波及。这一次的入侵者来势汹汹，显然做足了准备。一股股黑烟不断从边境涌入，街道上空荡荡的，已经很少有人敢外出了。

宴殳第一时间带着检阅军前往边境，两方僵持了很久，听说有援军，但也不知道什么时候能赶来。

检阅军这一走走了大半个月，每天例行的检查也没了，江裕新定制的零件到得比他想象中还要早，但他却发现自己似乎更没心思做生意了，做完已经接下的单后，他关了店。

最初收音机里每日都会播边境的最新情况，但这些天，广播更新得越来越慢，已经很久没播新消息了。某天傍晚，楚齐从阁楼下来时就看到江裕盯着收音机一副忧心忡忡的模样，问道："江哥你也在等最新的消息吗？"

"没呢，"江裕不自然地咳了一声，一把拿过收音机，使劲拍了拍，"我只是在看它是不是坏了。"

"哦。"

江裕还想说些什么，却被屋外突然响起的轰鸣声吓了一跳。隔着窗户，一台熟悉的白色机甲从天而降，那机甲表面坑坑洼洼的，一看就知道经历了什么。

江裕犹豫了片刻，拉开卷闸门，看见了从里头走出来的宴殳，宴殳顶着一头乱糟糟的头发，嘴角也长出了胡茬，衣服上还染了些血迹。在江裕记忆中，无论宴殳要去哪儿，他都会把自己收拾得井井有条，从没有现在这般狼狈的模样。

江裕小声开口："刚回来吗？"

"嗯，差点没命了。"宴殳疲惫地靠在机甲上，揉了揉眉心，"幸

241

好援军及时赶到,控制住了局面。"

江裕想说什么,却只见宴殳摆摆手:"我倒没事,只是这机甲,受损严重。"

"修修就行啊,"江裕皱眉,上下打量着那表面铁皮都脱落了的机甲,哪怕外甲受损严重,依旧能看出它内部构造完好。隐约间江裕又从机甲上感到几分熟悉,但他还没来得及细看视线就被宴殳挡住。

宴殳望向他,认真地开口:"你能帮我修好吗?"

"……你来找我是为了这个?"

"嗯。"

"别开玩笑了,关于这个问题我之前就说过。"江裕不自觉地后退了几步,回到店内,想伸手拉下头顶的卷闸门。

宴殳伸手拦下他,轻声开口:"这是马修斯五代,正在进行小规模测试,还未对外公布。"

江裕一怔。马修斯是他在校园里设计的第一款战斗型机甲,担任首席机甲师后,他设计出了一套自动升级系统,专门供马修斯升级,他离开的时候,马修斯已经升级到了第三代。

他呼吸有几分急促,但很快强迫自己冷静下来。宴殳看着他的样子,不急不慢地继续开口:"所以除了你,还有更适合的人吗?"

"我看到过你在店里藏着新型机甲杂志,你依然在偷偷关注最新的动态。"

"不想自己上手试试吗?"

"反正我已经忘了如何修理,你不修,它就只能报废了。"

"你……"江裕沉默很久后抬起头,"就这一次。"

09

碰到机甲那刻,江裕感到一阵恍惚。它的损伤比看上去更加严重,但他当初设计的核心零件藏在不同模块和组件之下,还在运转,支撑着整个机甲完成最后的任务。动手修理时,他的手比大脑行动得更快,过往的记忆已经刻在了手心,形成了一种本能,比他想象的更加深刻。

"谢谢,"看着他完成收尾工作后,宴殳接过他手中的工具,"我就知道你不会放弃它的。"

江裕扭过头去:"才不是呢,我是为了我的零件,你说过之后不会再拦了。"

"我说的是三天之内,截止日期早过了。"

"那就是我记错日子了。"

宴殳不给他继续找借口的机会,望着他的眼睛:"你还喜欢吧,当初为什么要辞职呢?"

江裕没料到他会突然说起这个,忙低下头,盯着地面。

"你不用回答,"宴殳微微一笑,拉着他坐上了机甲,"我带你去看些东西。"

江裕还没反应过来就发现自己正随着机甲缓缓升空。他看见了黑暗中的整个禄城,看见了硝烟弥漫的边境,甚至能隐约看到首都。大地上的一切都被甩到了脚下,随着不断升高而变得渺小。

宴殳缓缓开口:"操控机甲飞起来后,整个世界都变得很小,我喜欢这种自由的感觉。同时我也想自己能够做些什么,维护治安、守护边境、驻扎检阅,哪怕需要承受风险和危机,那也是我自己的选择。"

江裕不明白他想说什么,静静地望着他。

"我是自愿成为检阅官的,我很清醒地知道自己不想做机械师。人要追逐自己喜欢的东西,这是你告诉我的,那你呢?"

良久之后,江裕才开口:"……因为不合适吧。我好像做不出东西了。从毕业开始,就好像哪儿都不对劲。"他自嘲地笑了笑,"你应该也知道我引咎辞职的那件事,那么简单的错误我也会犯,可能我本来就不配吧,我自己也不知道我究竟想要什么。"

"你知道的,你一直知道自己喜欢什么。"宴殳攥住江裕的手腕,盯着他的眼睛,"从最开始,你就比谁都更清醒。"

"那又怎样,能力不足就是不足。"江裕侧过脸,试图躲过他的视线,语气不自觉地带上了几分懊恼。

宴殳沉默半晌后开口:"是因为我吗?"

"才不是,怎么会是你啊。"江裕矢口否认。

"最后的考试我不是故意不参加,那天是检阅官报名的最后一天,错过了还要再等两年。"宴殳轻声叹了口气,"当时八字还没一撇,我想考上之后再跟你说,可这一切对我而言是全新的开始,所以花的时间久了些。我从未想过羞辱你,对不起。"

江裕一时之间不知该说什么,宴殳弃考曾是他最大的心结,但他从来没问过原因,也害怕再见到他。他害怕真相就是他心里的答案,也一直不想承认宴殳对他的影响那么大。

两人都没再说话。就在这时,宴殳衣服口袋里的对讲机突然响起了警报。边境局势出现了变化,需要他立马赶回战场指挥。江裕舒了一口气,他们认识了这么久,却还是第一次互相坦诚,短时间内他不知道要怎么面对所谓的真相。等到机甲缓缓降回地面,他跳下机甲回过头问道:"很危险吗?"

"嗯。"

"哦。"江裕点点头，犹豫了半天，最后朝那人喊道，"活着回来，不管怎样，你还欠我一次堂堂正正的比赛！"

"好，"宴殳眼里闪过几分笑意，"放心吧。"

≡ 10 ≡

一周后，宴殳平安归来，以比赛为由把江裕喊到了平时检阅军训练的地方。望着空旷的草坪，江裕皱起了眉头："这里什么都没有还怎么比？"

"不这样说你怎么会来。"宴殳静静地看着他，"真的要比吗？我之前就说了，我已经做了很久的检阅官，早些年学的东西大多都不会了，而且你早就赢过我了。"

说着他拿出了一直藏在身后的文件："那天你心里应该有答案了吧，你放不下它们，所以回来吧。"

"你别乱讲，我只说要和你比赛。"江裕一怔，眼里闪过几分慌乱。那些曾经困扰着他的情绪再次升起，让他无法辨别。那份文件他看到过很多次，标题是五个大字：复职申请书。

最初他辞职后，周围的人劝了他无数次，就连他的上司都告诉他等他冷静之后可以再申请复职，但他还是一意孤行地躲开所有人来到了禄城。那封复职申请书，他一开始就不敢接。

"行，那就比吧。"宴殳颔首，拍了拍手掌，引擎轰鸣声响起，刹那间，几乎整个检阅队都站在了他身后。

见他没有再提复职的事，江裕松了一口气，看着他和他身后的机甲们打趣道："怎么，打不过还拖家带口吗？"

宴殳没有回答，只是微微一笑，站到他身侧："眼熟吗？"

"嗯？"江裕眯起眼睛看向眼前的列队，大大小小造型各异的机甲，每一个他都很熟悉，都是由他设计完成的。以前他大多时候将自己关在实验室内，不停地设计新的机甲，但又不敢面对他们，不敢面对任何评价。而现在当它们全部站在他面前时，他才第一次好好打量它们，他听到了自己放大的心跳，那种感觉就像他第一次拿下业余机甲大赛的冠军，浑身的血液都在沸腾。

"这些都是你的作品。

"每一个都很厉害。

"那场考试你是实至名归。

"你在不断进步，那次出错只是普通的失误，是你把自己逼得太紧了。

"所有人都在等你。

"回来吧，你天生就属于它们。"

过去的江裕陷在死胡同中，过分渴望一个确切的结果，最后什么都看不清了。他一再否认，试图逃离，却越发挣脱不出那个死结。终于，有人看穿了他的秘密，那人一点一点地让他知道，他究竟想要什么，他告诉他，你一直在前进，从来没被困在原地。

"……好。"很久之后江裕红着眼接过了申请表，小声嘟囔道，"得寸进尺。"

≡11≡

收好江裕填完的申请表，宴旻看着他轻声开口："跟你说个秘密，你知道我是什么时候下定决心做检阅官的吗？"

"嗯？"

"在你赢我的那场考试上。"

"我赢你？"江裕摇摇头，"那次不是你生病状态不好吗？"

"和状态无关,输了就是输了。但那场考试你还记得吗,你设计出了自己的第一款机甲,我比不过你,因为你的作品里面全都是你独特的灵感和激情,而我的没有灵魂。我或许在技巧和方法上比你更熟练,但对我而言,机械只是机械,再没有别的意义。我们参加过无数的考试,被不断地评判和定义,但真正想要的东西,或许只有我们自己才更清楚。"宴殳看着江裕,笑了起来,"那天你拿着第一名的奖状,比以往都开心,我突然就意识到,我也该试试了。"

认识江裕以前,宴殳从来不知道自己想要什么,也没去想过这个问题。他的父母都是机械师,他们没有让他像其他孩子一样正常生活,而是从小就带着他一遍又一遍地训练,一次又一次地让他记住那些繁杂的内容。他的生活很枯燥,除了这些以外什么都没有。

被安排进入卡斯拉大学后,江裕是第一个主动和他打招呼的人,也是唯一一个在他面对非议时站在他身旁的人。他不大懂得如何与人相处,最初面对江裕,更多的是无所适从,但江裕天生有着一种感染力,尤其是提到机甲的时候,他眼睛里总是亮晶晶的。

再后来,他靠着第一名的成绩让周围的非议消失了。同时,他也害怕江裕会疏远他。但江裕只是很认真说,自己总有一天会超过他的。

江裕对机甲的喜欢,宴殳全看在眼里,也是江裕让他燃起了要去追寻自己喜欢的东西的渴望。从那时候开始,他试着去寻找他想要的东西,最后他找到了,他喜欢驾驶机甲,他想成为检阅官。为了这个梦想,宴殳缺席了学院最后的毕业考核,去往一个陌生的专业训练基地封闭式训练。一切从零开始,他吃了不少苦头,每当这时他都会想起江裕那双闪闪发亮的眼睛,他也想像他一样。

他花了整整三年时间,完成了严苛的训练,成了首都新一批的检阅官。从集训营返回的那天,他第一时间就想把这个消息告诉江裕,但却听到了江裕引咎辞职的消息。

他陆续打听到很多关于江裕的事,听说他变了很多,听说他在当上首席机械师后一直闷闷不乐,也听说他最后去了禄城,做了一个普通的机械师,平日里做些生意,再也不碰曾经最喜欢的战斗型机甲了。

他去找过江裕,到了店里却发现他见不到他,所以从那之后,他再去的时候都是乔装打扮了。在江裕的店铺里,他看到了藏在角落里的一沓又一沓新型机甲的资料。他勾起嘴角,过去是江裕改变了他,那么接下来,就看他的了。

半年前,禄城的检阅官离任,宴殳主动申请调任禄城。上任第一天他就在人群中看到了江裕,江裕仍旧笑眯眯的,但在看到他那一刻就别过了脸,他在躲他。

宴殳知道贸然上前江裕一定不会见自己,所以他拦下了一批又一批零件。他们认识这么多年,哪怕后来江裕换了不同的马甲,那些专门制作的零件他还是一眼就能认出。江裕一向不愿吃亏,在写下无数张罚款单后,终于,他等来了主动找上门的江裕。

开头很困难,但宴殳很有耐心,他可以一步步慢慢来。

≡ 12 ≡

复职申请通过后,江裕被宴殳聘为他们检阅队的专属机械师,暂时留在禄城帮忙处理日常的机甲维修。检阅队的士兵大多时候都在外头巡逻,机甲受损率很高。江裕忙不过来,只好关了店铺,让楚齐跟在自己身边帮忙。

江裕早就注意到楚齐喜欢机甲,哪怕再忙也会抽空教他些东西,让他在自己工作时去一旁练习，时不时还会给他布置作业。

那些作业都是他在大学时候做过的，都很有难度，就连当时的他也未必能全部完成，但楚齐每次都做得出乎意料的完美。江裕反复琢磨，开始觉得不对劲，便在一次给楚齐布置作业后提前翘了班，他偷偷跟在楚齐身后，看见他走进了宴殳的办公室。

透过门缝，宴殳正和楚齐说着什么。

事情果然不简单。

江裕保持着微笑，推门而入："你俩什么时候这么熟了？"

"没……没有。"看到他进来，楚齐慌乱地去遮桌上的草稿纸，却只是欲盖弥彰。

江裕一把扯过那些图纸，上头宴殳的字龙飞凤舞，清清楚楚地写着每一步破题的关键。江裕朝楚齐冷笑一声，望向宴殳："他来找你问问题？"

"嗯。"

"他问你你就教？你捣什么乱啊，哪有这样教孩子的，这些东西要靠他自己去想明白。等等……"说着说着，江裕自己也后知后觉意识到了不对，"你不是说自己忘记了吗？"

宴殳微微一笑，大方地承认了："我装的。"

"……"

看着江裕傻眼的样子，宴殳忍不住笑了出来："怎么说我也拿过那么多次的第一名，你自己也说了，我这个检阅官的待遇也不至于差得连个机械师都不给配，尤其是在要带着一整个检阅队的情况下，但现有的机械师还不如我。"

"你算计我？"

"当然了，这些年你软硬不吃，又不肯承认自己拧巴，我不这样做，你这辈子都只会待在那个乱糟糟的小破楼里。"

"那才不是小破楼，是我一分钱一分钱赚来的。"江裕仰起头瞪他。

"行行行，"宴殳起身走向他，"反正你已经复职了，最后还是要和我一起回去的。不过，有些事到现在也该告诉你了。"宴殳停顿了几秒，偏头看向江裕身后的人："楚齐？"

被点到名的楚齐磨磨蹭蹭地上前了几步，弱弱地开口："哥……"

"哥？你叫谁哥呢，看清楚人再喊。"江裕一把将楚齐拉到身后，"不就是找他问了几次题吗，给我挺直腰板来，别丢我的脸。"

"他的确是在叫我，"宴殳越过江裕拍了拍楚齐的肩膀，随即将目光转到江裕脸上，字正腔圆道，"宴楚齐，我表弟，也想学机械。之前他看过你很多作品，一直都想见你，这次就和我一起来禄城了。"

江裕：……

江裕终于明白了和楚齐第一次见面时的熟悉感从何而来。

他也意识到，自己的伎俩为什么次次都能被识破。

原来有卧底啊！

江裕又想起了所谓的上帝和门窗。

之前他从未想过，或许门窗是一家。

江裕咬牙切齿："……楚齐，你小子能耐了啊。"

"不不不！江哥！我是站在你这边的，只不过出发前我求了他好久，他提了一堆要求才肯带我过来。"

"嗯哼？"

宴楚齐深吸一口气，语气里有几分委屈："我可没出卖过你，他的确找我打听了不少关于你的事，但我都糊弄过去了，还有后来被发现帮你运零件，我差点没被他骂死，而且如果没有我，他套路你的计划还得提前！"

"哦，"江裕点点头，挑眉看向宴殳，"听到了吗？"

宴殳点头："确实挺能的。"

宴楚齐："我……"

13

江裕戳破宴殳秘密的那天，他问宴殳，那次无疾而终的比赛究竟还比不比了。

宴殳点点头，又摇头道："算了，要是你发现我仍旧很厉害，又自闭缩回去了怎么办？"

江裕翻了个白眼："才不会呢，你别太自信，谁输谁赢还不一定。"

宴殳勾了勾嘴角，说出了和之前一样的话："试试看吧。"

早些年，江裕紧盯着宴殳，每天只想超过他。但有一天，那个目标不见了，连同自己的方向一起不见了。有时候追太紧，反倒会把自己弄丢。

不过没关系，还有人愿意陪他再来一次。

这次大概不会再迷路了。

End

限定好友

一触即燃
BURNING TOUCH

约稿函 THE ONLY ONE

图书在版编目数据

限定好友.5,假想敌 / 李科棠主编.
—武汉:长江出版社,2021.11
ISBN 978-7-5492-7933-3

Ⅰ.①限… Ⅱ.①李… Ⅲ.①短篇小说-小说集-中国-当代
Ⅳ.①I247.7

中国版本图书馆CIP数据核字(2021)第194377号

本书由天津漫娱图书有限公司正式授权长江出版社,在中国大陆地区独家出版中文简体版本。未经书面同意,不得以任何形式转载和使用。

限定好友5·假想敌　李科棠 主编

出　　版	长江出版社
	(武汉市解放大道1863号　邮政编码:430010)
选题策划	漫娱图书　胡丽云
市场发行	长江出版社发行部
网　　址	http://www.cjpress.com.cn
责任编辑	罗紫晨
特约编辑	陈雪琰　雷雨薇
总 策 划	嗑学家工作室
装帧设计	吴琪　李梦君
印　　刷	恒美印务(广州)有限公司
版　　次	2021年11月第1版
印　　次	2021年11月第1次印刷
开　　本	880mm×1230mm 1/32
印　　张	7.75
字　　数	199千字
书　　号	ISBN 978-7-5492-7933-3
定　　价	39.80元

版权所有,翻版必究。如有质量问题,请联系本社退换。
电话:027-82926557(总编室)　027-82926806(市场营销部)